イグアスの滝

ゴッホ

スイス

ムーランルージュ

モンマルトル広場

中央アジア

富嶽三十六景

令子の追憶

Kawai Kazuko

川合 和子

風詠社

目次

装幀　２ＤＡＹ
装画・挿画　川合和子

第一部　令子の追憶

真夜中のギター

家の近くにある大学病院の前を夜、通ると入院病棟の各部屋に灯りがついている。外から見るとみんな同じような灯りの色だけど、中にいる人は状況や気持ち、幸福度は違うだろう。

もちろん病気で入院しているのだから不幸な気持ちでいる人がほとんどだろう。けれど全員が不幸だと思っているわけではないと思う。中には入院しているけれど、家族が毎日見舞いに来て、賑やかに過ごせる人、また恋人がいて、毎日見舞いに来る人。恋人は毎日来られないかも知れないが。

また手術が終わって、あとは回復を待つばかりという人も希望に満ちているだろう。このように置かれている状況は同じでも、心の中は人それぞれだなと思う。

令子も過去に二回、それぞれ二ヵ月間入院したことが思い出される。

令子は目覚めた時、自分がいまどこにいるのかわからなかった。暗い闇の中を一人で歩いているようでもあった。

目を覚ますと、二人の医師が、

「寿司が食いたいなあ。」と話していた。

令子は突然、

「私もお寿司が食べたい。」と言った。

二人の医師はびっくりして、

「あなたは今まで、意識不明の重体だったのですよ。頭蓋骨に穴を開けて、頭から水を抜いてやっと意識が戻ったのですよ。」

と説明した。

医師は、術後の処置をしているらしい。

医師に言われてみて、やっと二、三日前のことを思い出した。

令子は三十二歳の主婦である。

四、五日前、住んでいる社宅の奥さん連中と、社宅を出て家を建てた人の新築祝いに行って帰ってきた。その時から、丸二日間頭が痛くてたまらなかった。

原因はきっとあの事だ。

新築祝いのテーブルを囲んでいる時、一本の電話が入った。

参加していた大西の妻あてに、息子が木登りをしていて木から落ちたという連絡が自宅から入った。しかも、後頭部を強く打って、食べたものを全部戻したという。

令子は、頭を強く打った時に食べたものを吐くと危険だという話を聞いていたので、心を痛めた。一晩中、その八歳の男の子のことを考えて眠れなかった。

翌朝、大西の妻に電話をして息子のことを聞くと元気にしているという。

令子は、半分よかったと思い、半分気落ちした。何のために自分は昨夜一睡も出来なかったのか。大西の妻のケロッとした態度も心にひっかかる。

「いろいろと御心配をおかけしました。」

というぐらいの挨拶があってもよいと思うが。

令子は、それから頭痛がとれなくなった。一日家事が出来なかった。その日の夕方にはとうとう寝込んでしまった。翌日の早朝には、食べたものを全部吐いた。

朝、夫の隆が心配そうにしていたが、仕事を休むわけにはいかないので、二歳の息子と四歳の娘を置いて出勤した。

「一度会社に行って、仕事の段取りをつけてからすぐに帰ってくるから待っていて。」

と隆は言って、心を残しながら出勤した。

二人の幼い子ども達が、心配そうに母親の顔を覗き込むが、令子は頭が痛くて子ども達に、

「心配しなくてもいいよ。」

と声をかける元気もなかった。

昼頃、隆が会社から帰ってきてくれたので、令子はほっとした。

幼い子ども二人というのは、かえっていない方が安心して寝ていられる。

一家四人で歩いて近くの内科へ行った。

その医院で令子が症状を告げると、「すぐに市民病院へ行ってください。」と言われた。

救急車は呼べないので、タクシーで行ってくれ、とこちらが何も言わないのにタクシーを呼んでくれた。

令子たちが市民病院へ行くと、

「この病院は専門の脳外科がないので、車で十分ぐらいの中央病院へ行って下さい。」

と言われた。

市民病院では救急車を呼んでくれた。

一家四人が乗った救急車が、サイレンを鳴らしながら中央病院へ向かった。生まれて初めて乗った救急車が、自分のためだとは令子は少し意外な気がした。

中央病院ではすぐ、入院が決まった。その間、隆は冷静に対処していた。

令子は、さすがだなと思った。もし立場が逆だったら、自分はこんなに冷静ではいられないだろうと思った。

中央病院でいろいろな検査をしたり、処置をしてもらったが頭痛がとれないので、小林外科という専門病院へ転院することになった。その頃から、令子の意識はなくなった。発病してから四日経っていた。

時々、意識が戻ったりしたが、その時には令子の父親が心配そうな顔で立っているのが分かった。父はもしものことがあったらという事まで考えていたそうである。そのことを、あとで父から聞いた。

小林外科の診断では、頭の中に水が溜まって、それが脳を圧迫して頭痛を引き起こしているとのことだった。

早速、溜まった水を抜く手術をすることになったが、待ったがかかった。

姑が田舎から出てきて、

「こんな小さな病院で手術をして、何かあった時にはどうすることもできないでしょう。大きな病院に移りましょう。小さな子どもが二人もいるのに。」

と皆に言った。

隆も、令子の両親も、そう言われてなるほどと気が付いた。今まで無我夢中で一番肝心なことに気が付かなかった。

姑のつてで、国立循環器病センターで手術することになった。

電気ドリルで頭蓋骨に穴を開けて、頭の水を抜いた時に、令子の意識が甦った。

二日間ほど意識がなかったことになる。

令子は、三途の川に片足を入れていたことになるが、川が流れているわけでもなく、お花畑があるわけでもなかったと思った。手術を受けている自分を、高いところから見おろしているもう一人の自分がいたということもなかった。

ひたすら、真っ暗闇が続いた二日間だった。

二日間というのも、あとで隆に日を聞いてわかったもので、実際の日付と令子の考えていた日数とは、二日ほどずれていた。

令子の病名は、中脳水道閉塞症ということだった。医師の説明によると、頭の中のなにかの膜がはがれて、大脳と中脳の境目の水道がつまったということだ。原因は不明らしい。

姑によると、

「あなたは、本ばかり読んでいるからこういう病気にかかるのよ。」ということだった。

もう一回手術することになった。

今度は、頭に溜まった水を、腹腔へ流すチューブをつける手術だ。バイパス手術と呼ばれている。

今度の手術は、前回の手術よりも大がかりで、全身麻酔の手術だ。

前回は意識がなかったから令子は怖くなかったが、今回の手術は少し怖いと思った。

もしものことがあったらどうしよう。まだ死にたくない。もし麻酔が覚めなかったらどうしよう。結婚して二人の子どもを産んだが子育てもまだ途中だ。まだやりたいことがたくさんある。それよりも自分が死んだら、二人の子どもは誰が育てるのか。

姑と母がいるが、やはり父親と一緒に住む方が子どものために良いので、隆と同居できる人と言えば姑になるだろう。姑は幼い子ども達の顔を見るために、月に一回は令子の家を訪れている。そのため子ども達は幼い時から姑になついているので安心だが、姑が大変だろうと令子は思った。

最初の手術の後、集中治療室に入っている時、動けない令子のために看護師がラジオをつけてくれた。ラジオからリクエスト曲として、「真夜中のギター」という曲が流れた。

この曲には淡い想い出がある。

学生時代、ボーイフレンドと将来の夢などを語りながら街を歩き回った時、二人で口ずさんだ曲だ。また、この曲を歌いながらギターを弾いてくれたっけ。心斎橋の「たそがれ」という喫茶店でよく待ち合わせた。いつもクラシック音楽が大きなステレオから流れているが、リクエストすると曲をかけてくれる。チャイコフスキーの曲をよくリクエストした。

彼は今、どうしているのだろうか。

ラジオはナイター中継に変わった。アナウンサーがナイターを見にきている若いカップルにインタビューをしている。令子はそれを聞きながら、自分は別の世界で生きている人間だと思った。つい最近まで令子もその世界にいたのだが、今はとてつもなく遠いところにいる自分を感じている。今の自分は病院のベッドに横たわり、頭からチューブを出して、少しでも動くとブザーが鳴る仕掛けになっている。まるでサイボーグだ。じっと同じ姿勢でいるのもしんどいものだ。一度、本当にブザーが鳴るのか、少し起き上がって試してみた。するとブザーが鳴って看護師がとんで来た。そして、「動いたら駄目だと言ったでしょう。」と怒られた。令子はこのまま以前の世界には戻れないのではないか、という気がしている。

二回目の手術の日がきた。

ストレッチャーに乗せられて手術場へ行く時、あれほどいろんなことを考えていたのに、令子は冷静だった。「マナイタの鯉」とはこのような状態をいうのだろうと初めて理解した。

手術は成功した。二ヵ月の入院で令子は退院した。遥か遠い世界から下界に降りてきた気がした。

入院中に考えたことが懐かしく思い出される。

令子は献身的な看病をしてくれた隆に感謝しながら、主婦業にいそしんでいる。

今でも「真夜中のギター」という曲を聞くと、学生時代の想い出と病気の時の想い出がオーバーラップして胸がキュンと痛む令子だった。

二人の子ども達も少し成長した。下の息子の真《しん》は小学校一年生になった。

真の入学に合わせて社宅を出て、持ち家に引越しした。

所轄の教育委員会で面接を終えた令子は、机の上に無造作に置かれた穴開けパンチを見るとひどく懐かしい気がした。事務室のような所に足を踏み入れたのは、結婚以来初めてになる。

少し前に教育委員会に、弟の薦めで履歴書を出したら、すぐに電話がかかってきた。

「国語の講師を捜しているのですが、やって頂けませんか。」

令子はしばらく考えて、

「はい。」と返事をした。

隆の了解を得ていないけれど、何とか説得してみようと思った。

令子は三十六歳になった。結婚して十一年になるが、その間、一度も仕事をしたことがない。

子どもは小学校一年の真と三年の千花の二人いる。子どもが小さい時、下の真が小学校に入学したら仕事を始めようと心に決めていた。

自分に出来る仕事は何かと思い巡らせたが、一度はなりたかった教師になってみようと思った。教員免許は学生時代に取得してある。

この年で初めて教師をするというのは、随分冒険だが、今を逃せば一生出来ないと思うと、真剣だった。

教育委員会では、初めて教壇に立つこと、難しい盛りの中学生をうまく押さえられるかどうか、心配している様子が令子にもわかる。

教職員課長が、

「できますか。」

と不安げに聞いてきたが、令子は、

「やらせて下さい。弟も高校の教師をしているのでやれます。」

と訳の分からない理由で言い切った。

期間は、三学期だけだった。前任の産休講師が手をやいてやめた後釜である。荒れていると評判の中学校の一年生を教えることになった。

前任の講師は令子よりも二十歳以上年上の教師だったと聞く。ここは一つ若さで頑張ってみようと決めた。

中学一年生に国語を週に五時間、四クラスが受け持ちだ。教師になったと言っても、誰も授業の仕方を教えてくれるわけでもなく、遥か昔に学習した教育実習を思い出しながら、暗中模索の毎日だった。中学生は反抗期にさし掛かり難しい年齢だ。三年になると進路が入ってくるので、真面目に勉強するが。授業中に生徒を退屈させないこと。板書を多くして、ひたすらノートを取らせるとか、毎日漢字テストをするとか、自分の中学生時代を思い出しながら工夫した。また、先輩教師の授業を見せてもらって学習したりもした。教材研究は家に帰り、家族が寝静まってから下調べをした。最初から上手くいくわけではなく、試行錯誤の連続だった。幸い中学生時代、国語は一番の得意教科だったので、自分の中学生時代を思い出しながら授業をした。

生徒達は新しい先生はどんな人間か、じっと観察している。怒るとこわいのか、余り怒らないのか。怒る時は怒り、普段は優しくをモットーにした。

一ヵ月もすると生徒とも慣れてきて、令子も学校へ行くのが楽しくなってきた。個人的に話しかけてくる生徒もいる。そんな時は話の聞き役にまわり、じっくり話を聞いた。大変だったのは、毎週月曜日に開かれる学年会議だ。とにかく時間が長い。生徒指導についての案件が多いのだ。時計が午後六時半を過ぎるころ、家に残している小学生の子どものことが気になった。学校からいくら急いで帰っても、四十分はかかる。

途中、子ども達がお腹をすかせていると思い、すぐに食べられるものを買って八時前に帰宅する。それから夕食の用意をして、食べ始めるのは八時半頃になる。これが週に一、二度ある。でも子ども達は案外平気そうだった。

母親のいないのを楽しんでいるふしもある。

子どもは、順応性にたけていることを発見した。

掃除は日曜日にまとめてする。洗濯は夜にして、夜のうちに干しておく。

初めての共働き生活だったが、他人のケースを見たり聞いたりしているせいか、自分でも手なれていると思った。

隆は家事は一切手伝わなかった。家族の誰にも迷惑をかけないという前提条件で始めた共働きだったから。

けれど令子は辛いと思ったことはなかった。あんなになりたかった教師になれたのだから、むしろ隆と子ども達に感謝した。

帰路に着くと、真冬の一月というのに母親が家にいないので、こたつにも入らないで遅くまで外で遊んでいる子ども達を見ると、不憫になる。自分の夢のために子どもを犠牲にしているという負い目が少しあった。

初めて二月に給料を手にした時、令子は感無量だった。

結婚以来初めて自分で働いて手にしたお金だ。これだけは自分の好きに使える。急いで家に帰ると令子は、神棚に給料袋を供えた。

そして、初めて自分名義の預金通帳を作った。そこにひとまず、全額を貯金し、自分と家族のために使おうと思った。自分には、洋服一枚、夫と子ども二人には、それぞれプレゼントをした。
一、二月は寒さのためくじけそうになったことがあったが、少しずつ日が長くなっていくので希望が持てた。
三ヵ月の任期を無事勤めあげた時、令子は自分もやれば出来るのだという自信ができた。子ども達には、寂しい思いをさせた反面、自分のことは自分でするという自立心が芽生えてきた気がした。

隆は変わるところまではいっていないが、そのうち変わるだろうと令子は思っている。三ヵ月教師をしてこの仕事が好きになった。自分にも続けられそうな気がした。機会があればまたやりたいと思った。

あれから八年の歳月が流れた。その後も令子は国語の講師をしている。経験年数も八年近くになる。その間講師ということで、他の教師との厚い壁を感じたことはあるが、自分はこの立場で仕事をしているのだと考えた。

あるクラスで生徒が私語をして授業が成り立ちにくかった時、令子は教卓をバーンと叩き、

「あんたらには負けへんで!!」

と言った。

教室がシーンとした。それから令子は詩の授業の続きをした。翌日からそのクラスでは私語をしなくなった。

国語が嫌い、体育が好きという生徒、嫌われても真摯に生徒達と向き合った。

講師だから任期が一年と短く、来年度は他の学校に行かなければならない。最後の日に職員室に来て手紙を渡してくれる生徒もあった。嬉しかったのは、

「先生のお陰で国語が好きになりました。」

という手紙だった。この一言で令子は今まで講師を続けてきてよかったと思った。

「先生の授業は面白かったよ。」

というのも嬉しかった。

荒れている子ども達には自分なりに接し方を学んだ。彼らは寂しいから親や教師に構ってほしいのだ。じっくり話すと、本音を言ってくれてみんな本当にいい子たちだ。

小学校一年生と三年生だった子ども達は、中学生と高校生になり、ほぼ母親の手を離れた。その間ずっと鍵っ子にしたせいか、親離れしすぎた気がする。母親に余り自分から話しかけてこない娘と息子を見るにつけ、少しつき離しすぎたのでは、という後悔がちらとわく。隆は自立してくれた。日曜日の洗濯と料理は隆の役目だ。

今まで仕事一筋だった令子も、子ども達が大きくなるにつれ時間に余裕が出来た。日曜日にはテニスや水泳を楽しんでいる。

教師と家庭人という二足のわらじを履いて忙しい毎日だが充実している。

子ども達は母親が教師をするとは思っても見なかったようだ。中・高生ともなると世間がわかりかけてきて、学校で接している教師と、家にいる母親でもある教師と共通点を見出し、学校であったことの感想を求めたりしている。

夢の一つを手に入れた令子はこれに満足していない。次の夢に向けてジャンプしつつある。

タイムトンネル

午後五時十分にＪＲＩ駅に着くと、令子は大木らしい男性がいないかと辺りを見回した。二人は今日、二十年振りに再会するのだ。令子の心臓の鼓動はだんだん早くなっていった。今日一日はいつもと違う一日だった。

学校で授業をしていても身が入らなかった。生徒に対しても、いつもと違って甘くなっている自分に気づいた。

令子と大木は、高校の陸上部の先輩と後輩の間柄である。大木は部長、令子は友人二人と共にマネージャーをしていた。

最初に熱を上げたのは令子の方である。一級上の大木はかっこ良かった。長身で、当時はやりの俳優に似た甘いマスクで、優しかった。学校内でも彼に憧れている女生徒は三人はいた。

修学旅行先から令子は大木に絵葉書を送った。すぐに大木から返事がきた。令子は返事を書いた。こうして二人の文通が始まった。文通は約一年続いた。その後、大木が大学一年生、令子が高校三年生の時に、何回かデートをした。しかし二人は、手をつないだこともなかった。ただ、令子の十八歳の誕生日に、大木は学生にしては高価なオルゴールを贈ってくれた。

「夏休みにプール監視員のアルバイトをしたお金で買ったんだ。」と大阪城でデートした時、恥ずかしそうに渡してくれた。

その時、令子は大木の熱い視線を感じたが、自分はまだ高校生だと言い聞かせ、わざと無邪気に振る舞った。その頃から、令子の気持ちよりも、大木が令子を思う気持ちの方が強くなってきたようだった。令子は心に少し負担を感じてきた。

短大への入学が決まった時、一方的に大木に別れを告げた。上賀茂神社でデートした時、令子は、

「これから私にとって新しい生活が始まるから、二人の交際はこれで終わりにしましょう。」

と言った。随分自分勝手だったと思う。

「どうしてそんなこと言うの。僕は絶対に嫌だよ。また電話するから。」

と大木は言った。だけどそれ以後、電話はかかってこなかった。

このまま交際を続けていけば結婚にまで進みそうな気配だったが、令子はそれが嫌だった。高校生の時に知り合った男性と結婚するのでは、あまりにも世界が狭すぎるのではないか。自分には未知の前途がある。そんな風に考えての別離だった。

大木は大学を卒業すると、東京のどこかの官庁に勤めたらしかった。東京で結婚したという噂を風の便りに聞いた。

令子は短大卒業後、時を経て大阪の公立中学校の国語教師になった。


昨夜突然、大木から電話がかかってきた。令子が生徒指導で疲れて帰ってすぐだった。聞き覚えのない声なので名前を尋ねると、

「高校の時の陸上部の大木です。」と答えた。

「あっ」と令子は息をのんだ。

大木慎治。懐かしい名前。スーとタイムトンネルをくぐっているような気がした。

「どうして突然電話をかけてきたの。」と令子が聞くと、

「この前同窓会名簿が届いて、君の名前を見つけたんだ。懐かしくて一度会いたいなと

思った。今、連休で親元に帰っている。」と大木が答えた。

二人は翌日会う約束をした。高校時代の友達の誰かを呼び出すことも考えたが、結局二人きりで会うことになった。

隆に「明日仕事の帰りに、高校の時の先輩が東京から帰ってきているから会ってくるわ。」

と言うと、

「いいよ。ゆっくりしてきたら。」と隆は言った。二人きりで会うことは言わなかった。

約束の時間は五時だったが、令子は少し遅れた。二十年の歳月は大木をどんなふうに変えたのだろう。四十一歳の公務員。お腹が出ているかも知れないし、髪の毛が薄くなっているかも知れない。令子自身も、高校生の頃と体型が変わっているし、顔にシワも刻まれている。

大木は先に来ていた。

「おまたせしました。」と令子が言うと、大木は顔をあげた。令子はドキッとした。大木の顔はあまりにも若々しかった。たちまち「好き」と思ってしまった。二十年ぶりの一目惚れだった。

「痩せたね。」と大木は開口一番言った。

「どこへ行く？」と尋ねられて令子は、

「どこへでも。」と、しどろもどろに答えた。

「京都へ行こうか。」と大木が言い、令子は二人の思い出がいっぱいある京都へ行けるのが嬉しくて、黙って頷いた。

二人は、ＪＲＩ駅から京都駅まで普通電車に乗った。二十年前に二人で乗ったことのある電車だった。

「結婚はいつしたの？　恋愛結婚？」

「二十四歳の時に見合い結婚したわ。」

「君には恋愛結婚をして欲しかったなあ。」

そのあと大木は、矢継ぎ早やに令子に質問を投げかけてきた。そして、自分は一歳年上の妻とは恋愛結婚だが、そんなに深く考えての結婚ではなかった、結婚したいと思った時期に、たまたまそこに妻がいた、と言った。

二人の間に沈黙が流れた時、令子はあまりに懐かしくて、涙が出そうになった。その涙を大木に悟られてはいけないと思った。大木と会わなかった間の二十年が、頭の中をかけ巡った。

令子は、見合い結婚した五歳年上の夫との間に、高校生の娘と中学生の息子がいる。大木は、恋愛結婚した妻との間に、高校生、中学生の二人の息子がいると言った。

そんな中年子持ちの二人が、二十年前の十九歳の大学生と十八歳の高校生のように、同じ電車に並んで座っている。令子は、夢を見ているのではないかと思った。お互いの子ども達は、二十年前の自分達の年齢に達している。

令子は結婚して十六年間ずっと幸せだったけれど、時々は大木にプレゼントされたオルゴールを取り出していた。そして、「大木さん、どうしているかな。」と思った。

夫と喧嘩した時、学校で生徒が自分の思い通りに動いてくれない時、忙しいが平凡で単調な生活に嫌気がさした時、オルゴールを取り出して、しばし美しい音色に耳を傾けた。オルゴールの調べは、十六年間令子を裏切らなかった。死ぬまでに会いたい人は、と問われたら、即座に大木の名前をあげただろう。

電車は京都駅に着いた。大木は昔は京都には詳しかったが、今は東京在住なのであまり知らないようだった。

「大学の時ラグビー部に入っていてね、学校にはあまり行かず、家と練習場を往復してばかりいたよ。」

と大木は言った。そう言えば、衣笠にある大学にも連れていってもらったなあ、と令子は懐かしく思い出した。

「練習が終わった後、河原町まで出て、ギョウザを食べながら飲んだビールは格別美味しかったなあ。」

そんな思い出話をしながら二人は、かなり歩いてから喫茶店に入った。洒落た喫茶店を捜していたのだが、早く落ち着きたいと思い、目の前にあった喫茶店に入ってしまった。

向かい合ってみて、大木の額が少し広くなっているな、と令子は思った。けれど、目鼻だちの整った顔立ちは昔のままだった。

今まで、こんなに素敵に年齢を重ねている人に会ったことがない、と令子は思った。

二人は自然と微笑み合った。十九歳と十八歳の二人に戻っていた。

令子と大木の頭の中から、家庭のこと、仕事のこと、世間のことが消えていた。二人だけの世界になっていた。そこだけバリアで囲まれた二十年前のタイムトンネルの中の世界だった。

「だいぶ歩いたから疲れたでしょう。」

「ううん。」

「食事するより飲みに行こうか。」

「うん。」

　喫茶店を出て、新京極の居酒屋に入った。令子はチューハイ三杯とビールを少し飲んだ。大木はチューハイを四、五杯飲んだ。

「手は変わっていないね。」

と大木が言って、令子の手をじっと見つめた。令子はドキッとした。

外へ出ると、令子の足はふらついた。少し飲み過ぎた気がした。こんなにくつろいだ気持ちでお酒を飲んだのは久し振りだな、と思った。

　十一時を少し回っていた。明日は休日だから構わないかと思った。外へ出て冷たい風にあたっていると、令子の気分は大分良くなってきた。

　河原町の辺りで大木は、令子の身体を抱きかかえるようにした。初めて大木に身体を触れられて、令子はビクッとした。ごく自然な感じで、大木は令子をエスコートした。令子は、男の人から久しくこんな仕種をされたことがなかったと思い、びっくりした。

地下鉄でＪＲ京都駅まで出た。このまま電車に乗ってしまっては物足りなさすぎる、と令子は思った。二十年ぶりに会えたと言うのに、それでは寂しすぎるではないか。

令子の気持ちの中で、いろいろな思いが一度に溢れ出た。

どうして私達は結婚しなかったのか。

どうしてまた出会ってしまったのか。

二十年振りに再会して、令子はすっかり大木が好きになってしまった。これは予期しないことだった。

二十年振りの再会なのだから、

「じゃあね、元気でね。お互いに仕事頑張ろうね。」

と言って握手でもして別れられると思っていた。

駅への階段を前にして、二人の沈黙が続いた。

「公園へ行きたい。」

と令子の方から言い出した。

「こんなところに公園なんてないよ。」

と大木は言ったが、駅の前に広場があった。そこのベンチに二人で腰を下ろした。しばらくして、大木はためらいがちに口づけした。大木との生まれて初めての口づけだった。夫の顔は浮かんでこなかった。大木はとても優しかった。令子は幸せだと思った。いつかこんな日が来ることを待っていたのかも知れない。

「電車がなくなるから帰らなければ。」

令子は我に返って言った。終電の一本前の電車だった。

電車の中でもずっと手をつないでいよう、と二人は相談した。周りの人にわからないように隣同士に座って、ハンドバッグを置いて手を隠した。

「女房ともこんなに長いこと手をつないだことないよ。」

と大木は言った。I駅に着いた頃には、令子の気持ちはもう大木から離れられなくなっていた。こんなに男の人に優しくされたのは何年振りだろう。たぶん結婚以来初めてだろう。中年に差し掛かっている自分の年齢を思った。

I駅に着くと、大木は令子の家の近くまで送って行くと言う。こうして昔はよく家まで送ってもらった、と令子は懐かしく思い返した。大木はタクシーに乗ろうと言ったが、令子は少しでも長く一緒に居たかったので、裏道を歩いて送ってもらうことにした。

もう十二時近い。今日一日、大木は令子を十八歳の女の子を扱うように扱ってくれた。

夜道を二人は手をつないで歩いた。安威川の土手まで来た時、令子の頭の中は真っ白になった。

「今日はどうも有難う。私はここからもう帰れるから。あなたはタクシーが拾えなかったら困るから、この道を真直ぐ国道へ出て帰って。」

と言うと、大木は不意に令子を力一杯抱きしめ口づけした。令子が愛しくてならないというように、何回も口づけした。令子はされるままになっていた。四十歳の女がこんなことされていいのかしらと思いながら。

そして大木は、

「明日もう一日だけ会おうか。」

と言った。夕方から大学時代の友達に会うから、早い時間にということで、二人は十一時に会う約束をした。

家に帰ると隆が、

「随分遅かったね。何をしていたの。」

と言った。

「話が弾んで、遅くなってしまったわ。」

と令子が言うと、隆はそれ以上何も言わなかった。

令子は、なかなか寝つけなかった。横で隆が安らかな寝息をたてている。自分は隆に悪いことをした。その上、明日また大木に会おうとしている。悪いのは分かっているが、自分はきっと明日、大木に会いに行くだろう。

翌日、十一時に車で約束の場所に行くと大木が待っていた。

車に乗ると大木は、「昨日はごめんね。」

と謝った。令子は、どうして大木が謝るのか理由がわからなかった。

I市の西河原公園へ行った。

メタセコイアの木が植わっていて、静かで雰囲気のよい公園だった。

令子手作りのコーヒーを飲みながら、二人はこれからの交際をどのようにしようかという話をした。このまま別れたくなかった。

二人とも結婚していて子どもがいる。

東京と大阪と五〇〇キロも離れている。

大木は、「僕達はやっぱり、先輩と後輩の関係のままの方がいいんじゃないかな。会うのも一年に一回ぐらいが丁度いいと思う。僕が帰阪した時に連絡するから、その時に会おう。」と言った。

令子は、「一年に一回なんて嫌。もっと会いたい。」と大木を困らせた。

もう一つ問題が残っていた。

先輩と後輩の関係のままでいられるかどうか。男と女の関係になったらどうするのか、ということだった。

大木は友達に会う時間を気にしているためか、唐突に、

「どこか二人きりになれる静かなところへ行こう。」

と言った。大木は好きだが、大木と男と女の関係になる決心は、令子にはまだついていなかった。

二人は時間にせかされるように、大木の運転でホテルへ行った。

しかし、ホテルで二人は結ばれなかった。私達は高校生の時から知っているから、プラトニックラブのままでいたいと令子が言ったから。大木は令子の気持ちを尊重してくれた。

二人はそこで心の奥深く考えていることも話し合って、精神的に愛し合ってしまった。

大木は令子に、

「好き?」と聞いた。令子は、

「うん。」と答え、

「あなたは？」と聞くと、

「好きでなかったら今日も会わないよ。」と大木は答えた。

「お互いに品物を交換して、それを見ることで相手のことを思い出そうよ。」

と大木が提案し、デパートへ行って買い物と食事をすることにした。

二人は枚方《ひらかた》まで行った。

大木が食べているのを見て令子が、

「おいしい？」と聞くと、大木は、

「おいしい」と答えた。

令子は、とても優しい気持ちになった。

大木は令子に手帳を貸してと言い、何か書いていた。受け取って見ると、

「I love you」と書かれていた。

令子はびっくりした。今まで、こんな言葉を書いたり言ったりしてくれた人はいなかった。令子は、大木のためにネクタイを買い、大木は令子にスカーフを買った。

「僕は今、関西には出張がないから、年に一度ぐらいしか大阪の実家には帰れない。その

代わり、時々手紙を書くよ。」

「私、夏休みになったら一度東京へ遊びに行こうかな。」

「待っているよ。その時は僕もそれに合わせて夏休みをとるから。」

「今、五月だから、三ヵ月したらまた会えるのね。でも私、三ヵ月も待てるかしら。」

「三ヵ月ぐらいすぐ経つよ。それまでお互いに仕事のこと、家庭のことに、全力を尽くそう。」

それから二人は、大木の実家の近くまで行き、握手をして別れた。令子は、大木と別れる時に涙が出なかったので良かったと思った。大木の前で泣くのは嫌だった。

大木は、令子の車が見えなくなるまで佇んで見送っていた。そうなると、もう駄目だった。令子は、ハンドルを握りながら涙が溢れてくるのを押さえることが出来なかった。


短かった連休も終わり、また日常生活が戻ってきた。しかし、令子の心の中は、連休前と百八十度変わった。

連休明けの五月六日に学校へ行くと、隣の席に座っている中年の男性教師が、

「連休はどうでしたか。何か良いことがありましたか。」

と尋ねてきた。

「別に何もありませんでした。」

と令子は答えたが、内心ドキッとした。

連休が終わると、忙しい毎日が待っていた。二年生の林間学舎に向けての取り組みが始まった。毎日疲れ果てて家に帰り、夕食の仕度や後片づけをして、寝る前のほんの少しの時間、大木のことを考えた。その時が一日で一番幸せな時間だった。令子は、二週間後に大木に手紙を書いた。


「大阪はここ二、三日蒸し暑い日が続いていますが、東京はいかがでしょうか。

やっと長い一週間が終わりました。

球技大会があり、六月の林間学舎に向けての取り組みが始まり、同和学活の資料の打ち合わせをしたりと、慌ただしい毎日が続いています。

ちょっとしたきっかけで、あなたと心が触れ合ってしまいました。こういうことが起こるとは、五月一日に私は想像したでしょうか。人の気持ちというものは、一寸先は分からないものですね。

二十年振りに会ったのに、二十年の歳月がなかったかのように、私はあなたの前に出ると十八歳の時の私に戻りました。あなたも十九歳のあなたでした。でも、折角会えたのにまた別れなければならないなんて。夏に会えたとしても二日だけです。私達は、線では結ばれないで、点でしか会えないのですね。

とても楽しかった二日間を何回も想い出しながら、毎日の生活に忙殺されています。今日やっと日曜日。誰にも邪魔されずに、あなたのことを考えています。

夏休みに東京に行きたいと思います。行ってどうするのか。それは、その時に考えます。いろいろな話をしたい。でも、また別れるのが辛いから、行くのを止めようかな。別れる時のことを考えると、そのまま新幹線に乗って大阪に帰れるかどうか自信がありません。

こんな経験って初めてです。今まで生きてきてよかった、という気持ちです。

質問があります。私達二人の今の関係を次の中から一つ選んで下さい。

①先輩・後輩
②友人
③恋人
④愛人

必ず、お返事に答えを書いて下さいね。

それから、あなたの最近の写真も送って下さい。会えないと顔を忘れそうです。

それでは、お身体に気をつけて、お仕事頑張って下さい。」


しばらくして、大木から返事がきた。

「手紙有難う。返事が遅くなってすみません。このところ、朝夕涼しく、暑がりの寒がりの私にとっては、過ごしいい日が続いています。

私は、筆不精、口下手の方ですから、思っていることがうまく書いたり、話したりできません。だから会って一緒にいるのが一番です。

五〇〇キロも離れた大阪と東京では不便です。一緒になるのが一番いいのでしょうが、現実のいろんな条件がそれを阻んでいます。

ただ、あなたのことを想っている時は、妻の顔は消えています。昔のことを振り返る時は、今は見えません。

ひとつの点でマッチングしたあの五月二日、三日のインパクトが、強烈に心に甦ります。

私の心は今、乱れています。あなたの質問にも、うまく答えられそうにありません。

今はどれとは断定しにくい気持ちです。

あなたと会って以来、空想にふける時が多くなったように思います。疲れを忘れるような快い一時です。

物事の善悪を考えようとすると、混乱が生じます。しばらくは何も考えずにいましょう。

写真を送って欲しいとの事ですので、同封します。写真のネクタイはあの日、デパートであなたからプレゼントしてもらったものです。

では、再会の日まで私の事は忘れ、仕事に全力投球して下さい。身体を大切に。」


令子は、大木の手紙を読みながら、胸が熱くなった。大木も自分と同じ思いなのだと言うことがわかった。とても強烈なラブレターだと思った。

中間テスト、林間学舎も済み、期末テストも終わった。待ちに待った夏休みがやってきた。

令子は大木と相談の上、八月九日・十日と東京へ行くことにした。

京都駅九時発ひかり二二〇号で、東京には定刻の十一時四〇分に着いた。大木が手を上げたので、令子はすぐに分かった。

連休で実家に帰っている時は、ブルーのジャンパーにスニーカーという軽装だったが、今日の大木は、白のワイシャツに紺色のズボンをはき、あのネクタイを締めていた。身長一七六センチだと、この前に会った時聞いたが、ラグビーで鍛えた大木のがっしりした身体は人ごみの中でもすぐに分かった。令子は、大木を見つけるとひどく懐かしい気がした。三ヵ月前に二十年振りに会ったのに、ずっと前からの知り合いのような気がした。

「顔が分からなかったらどうしようかと思った。」

「そんなはずないよ。僕も君がすぐにわかった。」

二人は予定通り横浜まで行き、海の見えるレストランで食事をした。

再び会えた喜びを分かち合い、船に乗ってベイブリッジのそばまで行った。山下公園のベンチに座って手をつなぎ合いながら、令子は、このまま時が止まってくれたらと思った。

二人でこうして山下公園に居ることが、夢のようだった。いつまでもこうしていたいと思った。大木が生きているという事実が嬉しかった。大木の側にいると、満たされた気持ちになった。

「五時になったら、横浜を離れようか。」

と大木が言った。

令子は、都内のホテルを予約している。

二人で、銀座の寿司屋で寿司を食べた。寿司屋にはカップルで来ている客が多かった。レジで大木が支払いをしている時、令子は、自分達は他人にどのように見えるかしら、と思った。その後、ショットバーに寄ってお酒を少し飲んだ。

大木は、令子をホテルまで送ってきた。

東京へ来る時、令子はきちんと気持ちの整理をつけてきた。

ホテルの部屋は、七階であった。

部屋に入ると、令子は窓越しに街の灯を眺めた。

大木が側に来て、優しく唇をふさいだ。

令子の脳裏に、今見た街の灯がきらめいた。

そのまま二人は一つになった。

大木は身体を離すと、感慨深げに、

「これでやっと一つになれたんだね。」

と言った。

最初に会った時から、私はこの日を待っていたのかも知れない、と令子は思った。

大木の胸に顔をうずめて、令子は大木の心臓の鼓動を聞いた。特別な思いを持って聞いた。

令子は、家に帰る大木を駅まで送って行った。大木が家に帰るのを希望したのは令子である。大木は、

「一人で寂しいだろうけれど、明日の朝また会えるから。」

と言った。

大木を送って部屋に帰ると、令子は部屋にある鏡を覗いた。そこには四十歳の女の顔があった。若くもなく、年寄っているわけでもなく――中途半端な年齢である。もしかして女ざかりというのだろうか。

鏡の中の自分の顔が輝いているのを見た。大木に抱かれた直後だからだろうか。頬が上気している。

結婚して初めて、夫以外の男性に抱かれた。後悔はしていない。大木と再会しなかったら、令子は一生、夫しか男性を知らなかっただろう。

このまま、勤務先と家との往復や、夫と子どものための食事づくりで年老いていく自分

に、これまでにも疑問を感じていた。

それが今、大木と心が触れ合い、愛し合ってしまった。こうなるしかなかった、と自分で自分に言い聞かせた。

夫に対する罪の意識は湧いてこなかった。そのことだけ、令子は意外だった。

翌日は九時に待ち合わせをした。

大木が家を出る時、妻は、

「随分派手なシャツを着て行くのね。」

と言った。

「今日は日帰り出張だから少し遅くなるかも知れない。」

と大木は妻に言って家を出た。

池袋のサンシャインビルに行き、水族館を見学して、最上階まで昇った。新宿のカラオケルームで、昔流行《はや》ったグループサウンズの歌を歌った。大木の低音の魅力を発見した。大木は令子に捧げると言って、「君といつまでも」を心を込めて歌った。

東京発十八時の新幹線で、令子は帰阪する予定にしていた。夫には、友達と東京方面へ旅行すると言ってある。夫はあまり深く詮索しない方なので救われる。令子の自由を尊重してくれている。

東京駅近くの喫茶店で、向かい合ってブルーマウンティンコーヒーを飲みながら、大木は、「今度、会えるのは来年の夏だね。仕事と家庭の両立は大変だろうけれど、頑張って。それまで、身体に気をつけて。」と言った。

令子は、初めて大木の前で涙ぐんだ。大木は、「どうして泣くの。もう会えないわけではないし、また会えるじゃない。手紙も電話もあるし。」と言った。そして、ホームまで上がらずに、「ここで別れるほうがいいでしょう。」と改札口まで送ってきてくれて、二人は握手をして別れた。令子にも笑顔が戻ってきていた。

帰りの新幹線で令子は、（お祭りは終わった。男の人に愛されるというのはこんなに感じのいいものかしら。東京に足を一歩踏み入れた時から、ずっと彼と一緒だった。彼に愛されているということがひしひしと伝わってくる二日間だった。）と思った。

数日後、大木から手紙が届いた。

「先日は、遠路はるばる有難う。一緒にいる短い間に、随分色々な事を経験しましたね。

今、仕事を終えて、大阪と東京での過ぎた日々を想い出しています。大阪の時は、一時の気まぐれかとも思いましたが、今回はそうではないと感じます。けれども、お互いに一人ではありません。このままで良いのだろうか。この先、どうなっていくのだろうかと思います。逢っている時はとても楽しい。だけど、離れていると寂しく、ある種の後ろめたさを感じる。この先いつかは、お互いの配偶者に二人の関係が解ってしまうだろう。その時、何と言って説明しようかなんて考えるのは、心配性のためでしょうか。

今日手紙を書いているのは、いつもの喫茶店が盆休みのため、同じ駅の側でも違う店です。時刻は午後七時前で、勤め帰りの人が家路を急ぐところ。随分日が短くなってきて薄暗い。夕闇にネオンがキラキラと美しい光景です。

今週は、電車も駅も空いている。君の誕生日に届くように書いています。

こうやって手紙を書いているうちに、もう空は夜空になって、ネオンだけが明るく浮かび上がっている。

これから先、また会えるまで秋と冬と春を過ごさなくてはならないね。だけど、一ヵ月に一度位手紙を出してね、と君が言っていたように僕は書くつもりです。

今日はこの辺でやめます。」

令子は大木の手紙を読むと、大木も自分と同じように悩んでいるのだなぁと思った。自分は夫を愛している。大木と知り合った今も、その愛に変わりはない。でも、その二つの愛の質はちょっと違うのだ。返事にそのことを書いてみようと思った。

「お手紙ありがとう。

十八歳の誕生日に頂いたオルゴールを聴きながら、これを書いています。曲は白鳥の湖です。あれから二十三年の歳月が流れました。そして、今日私の誕生日です。あなたの手紙は一昨日に着きました。

いろいろな思いが一度に溢れてきます。

どうして私達は愛し合うようになってしまったのか。

私は、四季のうちで夏の次に秋が好きです。夏が終わって冬が来るまでの間、森の木々がだんだんと色づき始める頃、とても心が落ち着くのです。そんな季節をあなたと共有したい。枯葉舞う京都をあなたと歩きたい。

けれど、五〇〇キロも離れていては無理です。それが出来ないと思うと、絶望的な気持ちになりますが、あまり思いつめてもいけないと思います。思いつめないためには、日常生活ではあなたのことを忘れていなければなりません。あなたが以前、なるべく忘れるようにすると言っていましたが、私もそうするより他にありません。けれど、そうすることはたぶん難しいでしょう。

夫はとても優しい。夫の悪いところなんてどこにもない。結婚して今まで、私を裏切ったことなんて一度もない。私はと言えば、心では思っていても、実行に移したのは初めてです。

そういう意味で、あなたは夫以外の特別な人です。私は少しでも若い間、少なくとも四十五歳ぐらいまでは、会える時はいつでもあなたに会いたい。だけど、四十五歳を過ぎたら、あまり会いたくない。老いた姿を見られたくないから。夫にだったら見られてもいい。あなたには、好き、恋しいという言葉があてはまりますが、夫は私にとって父親のような存在です。

私は、自分の父親をあまり好きではなかった。私は、祖父に愛されて育ったのです。いつも父親は仕事が忙しく家にいなかった。祖父はただ一人の孫娘の私を、娘の生まれ変わりだと思って可愛がった。その死んだ娘、つまり私の叔母に当たる人は、勉強が良く出来たそうです。そんな生い立ちから、私は結婚する時、夫に父親のような人を求めていたのかも知れない。

あなたとは、結ばれなかった運命にあるけれど、これから先どうなるのか。もし、夫に知られたらどうしようか、と考えてしまいます。

今日はこのへんで。」


二学期が始まった。

二学期は行事が多い。スタートと同時に、体育大会の練習が始まった。

疲れて帰っても、大木のことを考えない日はなかった。高校生と中学生の子ども達は、思春期に差し掛かっているのに、一体自分は何をしているのだろうと思った。

九月半ばになって大木から手紙が届いた。

「まだネクタイにスーツが苦しい暑い日が続いています。元気ですか。もうだいぶ会っていないような気がして、寂しくなる時があります。」

という書き出しで仕事の話が続き、

「私はあなたの私に対するひたむきな愛に代表されるように、ある事に対し身も心も集中させるところが大好きです。これはとても大切なことだし、難しい事だと考えています。と言うのは一点を見つめるばかりに、周辺を疎かにして方向を誤らないようにする事も必要となるからです。

明日は祭日ですから連休となります。日曜日は雨が降らないとテニスですから、その他の休日は音楽を聴く事が多いです。今世界の歌曲を楽しんでいます。プッチーニの蝶々夫人など、今度会う時は編成したテープを渡そうと選曲中です。

体育祭のシーズンに入って忙しい日が続いていると思いますが、身体に気をつけて下さい。」と結んであった。

令子は十月になって返事を書いた。

「私の方は、今、文化祭の取り組みで、帰るのが遅くなっています。文化祭が終われば中間テスト。十一月一日に校外学習。十一月二日と三日に市内統一テストがあります。」

と近況を書いた。

十月のある日、令子が学校から帰る時間を見計らって、大木から電話がかかってきた。

十一月に所用で帰阪するというのである。

令子は喜んだ。この前の手紙で、秋の京都を歩きたいと書いたのを覚えていてくれたのだ。

十一月二十二日。令子は大木を出迎えるため、二時に京都駅に着いた。大木は、二時十分着のひかりで来るという。

列車が到着すると大木が出てきた。今日はスーツを着ている。

「疲れたでしょう?」

「ううん。ずっと座って本を読んでいたから。」

京都タワーの見える駅前の喫茶店で、向かい合って見つめ合った。自然と笑みがこぼれてくる。

「少し痩せたみたいだね。どこへ行きたい?」

と大木が尋ねる。

「昔、二人で行った竜安寺《りょうあんじ》へ行きたい。」

と令子が答える。大木の荷物をコインロッカーに入れて、バスに乗った。

竜安寺のぬれ縁に座って、「心」と書かれた石庭を二人でじっと見つめた。

これと同じ光景が二十年前にあった。

十八歳の高校生と十九歳の大学生が二人、そこに座っていた。どちらも無言だった。

その当時、大木から令子に手紙が届いた。

「二人とも黙っていたのは、お互いの心に何か感じるものがあったからでしょうか。」

今、二十年前と同じ光景だが、同じ人間でも二人を取り巻く状況は全く違ってしまっている。

大木の肩には、二人の息子と専業主婦の妻がどっしりと寄りかかっている。令子には、会社員の夫と二人の子ども達との生活がある。

令子は、二人の周りからすべての足かせが消えて、二十年前に戻りたいと思った。十八歳の自分に戻り、大木と結婚したい。二人で協力してままごとみたいな生活を始めたいと思った。これは二十年前には考えなかったことだ。

夫とは、激しい気持ちで結ばれたのではない。今でこそ愛情もわいてきたが、結婚当時から夫を愛していたかと問われれば、疑問が残る。生活の安定や、自分との年齢の開きなどを考えて、親に言われるままの結婚だったのかも知れない。

しかし、大木は違う。大木と遠く離れていても、一日も忘れたことがない。

「庭を歩いてみようか。」

と大木に言われ、令子は我に返った。

枯葉舞う竜安寺の庭園を歩いた。令子は、自分の願いを叶えてくれた大木の心づかいが嬉しかった。

「さっき、石庭を見て何を考えていたの？」

と大木が尋ねた。

「昔のことを思い出していたの。」

と令子が答えた。さっき考えていたことは内緒にしておこうと思った。

その後、近くにある大木の出身校である大学へ行った。昔のように、二人で学食できつねうどんを食べた。学内を歩きながら大木は、

「あれ。ちょっとイメージが違うな。こんなところにこんな建物があったかなあ。」とか、

「だんだん昔のイメージが湧いてきたなあ。」

とか言って、懐かしそうな様子だった。

日が暮れてきたのでバスに乗って帰ることにした。今日は大木の母親が夕食を用意して

いるので、二人は明後日に会う約束をして別れた。

連休の日曜日、令子は大木の家の近くまで車で大木を迎えに行った。今日は、二人の母校である高校へ行ってみようと相談していた。校門をくぐり、グラウンドの側の藤棚の下に二人で立った。

二人はまだタイムトンネルの中にいる。

いつ夢から醒めるのか。

高校生の頃の令子は、藤棚の下に立って、陸上部の選手が練習しているのをいつも見守っていた。無心に練習している大木を、特別な思いで見つめていた自分が甦った。

「あなたはいつもあの辺りで練習していたわね。」

「君はここにこうして立って、僕達を見守ってくれていた。君がいると、僕は何故か安心して練習に打ち込めた。」

二人は、まだそこに藤棚があるのを見届けた満足感を胸に抱いて、母校をあとにした。

それから近くの山に登った。

毎年、体育大会には頂上まで登るマラソンが希望者を募って行われた。

二人は手をつないで、ほとんど無言で標高五百メートルの山に登った。令子は、周りに誰もいないこと、大木と二人だけで山に登っていることで、気持ちが高ぶり、胸が熱くなった。大木は頂上に着くまでは、と何かに耐えているような表情である。

頂上に着くと、二人は十一月というのに汗びっしょりだった。汗をふき、汗が引くのを待って大木は、静かに令子を抱き寄せ、口づけした。そして、

「どこか静かなところへ行こうね。」と言った。

二人には、もう言葉はいらない。あとは身体を合わせることしかない。

いろいろな話をしながら山を降りた。その途中、令子には信じられないことが起こった。

令子は、普段考えていることをすべて大木に話した。

毎日一緒に暮らしている人のそばで、別の人のことを考えて暮らすのは辛い。愛するということは、一秒でも一分でも一緒にいたいということ。だから、一緒にいることが出来ない私達は愛し合う資格がない。お互いに結婚しているという障害以外に、距離が離れすぎているということもある。土曜日の午後、仕事が終わってから会うという、恋人達が普通にしていることが出来ない……。

大木は、じっと令子の話を聞いていた。そして言葉を選びながら「自分も同じようなこ

とを考えている。二人とも離婚して、一緒になるのが一番簡単だが、それは出来ない。

妻は今まで、自分によく尽くしてくれた。何も悪いことをしていないのに、突然離婚しようじゃ可哀相だ。しかし、もし子どもがいなかったら、僕は別れていたかも知れない。二人子どもをつくったから、そんな無責任なことはできない。やはり、僕達は結ばれない運命にあるのだから、恋人という関係はやめて、友達でいよう。そして、一年に一度ぐらい会おう。」と言った。

令子は、頂上から麓に下りるまでに話が一八〇度変わったのでびっくりした。大木からこんなに早く、恋人から友達へという風な話を聞くとは信じられない思いだった。自分たちはこれからだと思っていたのに。確かに、自分は年齢を忘れ、有頂天になっていたところがあった。だが、今日までは恋人、明日からは友達なんて急に気持ちの切り換えが出来ない。人の気持ちなんてそんなに簡単に変えられるものではないと思った。

麓へ着いた頃には大木は、

「二人きりになると辛くなるから、このまま食事だけして別れよう。」と言った。大木も最初はそんな気持ちではなかっただろうが、話していくうちにこのまま別れる気になってきたのだろう。

令子は気持ちが動転して、

「手紙や電話はどうするの？」

と辛うじて聞いた。

「手紙を書くってことは、会っているのと同じことなんだよ。もしかして、会っている以上に密度が濃いことかも知れない。だから手紙はもう書けない。」

と大木は答えた。

涙は出てこなかった。嬉しい時の方が涙が出るのか。辛い時や悲しい時には涙は出ないことを、令子は発見した。

車で和風レストランに行き、夕食を共にした。休日で家族連れが多かった。

「こうして向かい合っていると夫婦みたい。」

令子がしみじみとした口調で言うと、

「誰が見たって夫婦に見えるよ。僕だって奥さんが二人いるみたいだ。」

と大木が言った。

「夫以外の男性を深く知ることができてよかったわ。」

令子は、休日で姑の家へ行っている夫と二人の子ども達のことをチラッと考えた。

「君はキラッと光るものを持っている。そこが魅力なんだなあ。」

そこで大木は令子に、プッチーニの蝶々夫人などが入った、自分で選曲し編成したカセットテープを二本渡した。

これがあれば寂しくない、寂しい時はこのテープを聴こう、と令子は思った。

「最後にお願いがあるんだ。嫌いになって別れるのではないから、キスだけさせてくれないか。」

大木が車を走らせながら言った。

カーステレオから、因幡晃の「わかって下さい」というメロディが流れる。大木はそれを何回も聴いて、

「とてもいい曲だね。寂しい時や、僕に会いたくなった時にはこの曲を聴けばいい。僕も君に会いたくなった時には『わかって下さい』を聴くから。」と言った。

夕闇が迫ってきたので、大木は人通りの少ない建物の陰に車を止めて別れのキスをした。

これがたぶん、最後のキスになるだろうと思いながら、令子は何度もキスを受けた。

令子の目からはらはらと涙が落ちた。

「大木さん、悲しくないの?」

「男はね、涙を見せないものなんだよ。」

二人は、大木の実家の近くまで行き、別れた。


数日後、令子のもとに大木から長い手紙が届いた。

「庭の椿が狂い咲きをしています。

今回のことは、言い出すのが辛くて悩みました。いままでどおり、短い時間ではあっても楽しく時を過ごすほうが、どれだけ良くて楽かも知れません。

けれども、いずれ別れる時が来る。二人は、お互いの配偶者が共に死亡するという偶然が重ならない限り、一緒になれない、と私は思っていました。二人が今までの関係を続ければ続けるほど別れが辛いと考え、早く言い出した方が、お互いの為でもあると決意した次第です。

あなたの方でも、言いたいことは山程あるでしょう。私が自分で勝手に判断して決めたわけですから、自分の都合の良いように解釈しているところも多いと思います。

二人は同じ高校の、同じクラブのＯＢで先輩、後輩でもあるし、友達としてのつきあいは、あなたが否定しない限り続けて行きたいと思います。

青春時代を過ごした関西の人間が少ない東京では、昔の友人は大切な心の支えでもあります。これからは、社会人の一員として相談しあっていきませんか。

私の兄は、妻と子ども三人を養いながら、さまざまな勉強をし、両親の世話をしています。そんな兄を見ていると、自分だけが異性のことで悩んでいるのが情けなく、申し訳なく思えてきます。

人間は、逆境にある時は克服しようと夢中になりますが、恵まれている時は良からぬ事を考えます。

ある程度の地位があって、収入があってというだけが全てではありませんが、一定の水準以上にいないと、それだけで四苦八苦してしまいます。

人生の過ごしかたは千差万別です。

私は、自分の思ったことを貫き通す波乱に満ちた人生よりは、どちらかと言うと、波風の立たない、細くて長い人生を好みます。

あなたと二十年振りに会って、半年余り過ぎ、今までになかった経験をしました。

これから先の人生の貴重な経験として残っていくと思います。

これからの二人は、友人としての関係へと変更したいと思いますので、了承して下さい。

帰りの新幹線の中で、帰ったら早速手紙を出そうと決めていました。

あれも書こう、これも書こうと考えていましたが、いざ文章にするとなかなか難しいものです。

幾年振りかで登った飯盛山とその景色。

車の中で聴いた因幡晃の「わかって下さい」の哀しいメロディと歌詞。

またこんな事を書くと、涙もろいあなたのことだから、涙ぐむでしょう。

あなたの実行力と積極性を生かし、教師という職業をこれからの人生のよりどころとして、生徒達を教育されることを、私は希望します。そのために私がお手伝いすることがあれば言って下さい。

今は、昔のように人生五十年ではなくなりました。恋をする気持ちを失ってはいけませんが、生産的な目標に向かって生きる人生も輝いていると思います。

最後になりましたが、預かっています写真をお返しします。私は持っていませんので、アルバムの片隅で結構ですから、貼っておいて下さい。

少し風邪気味のようでしたが、身体には十分気を付けて下さい。

令子様

大木慎治

一九××年十一月二十六日

手紙の間から、セピア色した一葉《いちよう》の古い写真がはらりと落ちた。それは、十九歳の大木と十八歳の令子が並んで写っている写真だった。写真の二人は、弾けんばかりの若さに溢れ、微笑んでいた。

令子は、自分は六ヵ月の間、タイムトンネルの中にいたのだと思った。

ひとり暮らし

勤務先の中学校を出ると、令子は隣接する駐車場へと向かった。ゆったりとした解放感が心を満たす。まだ午後一時だ。時間はたっぷりある。どこへ行こうと、何をしようと自由だ。この解放感があるから仕事をやめられない。

五十五歳の令子は中学校で非常勤講師をしている。午前中に三時間の授業をしてきた。

「近くのデパートのレストランでランチとお茶にしよう。」

とひとりごちた。

午後のレストランは主婦の格好のたまり場になっているらしい。夫が職場で一生懸命働いているのに、気楽なものだと思う。自分も以前はそちら側の人間だったが。それにしてもよくそんなに話題がつきないものだと思うほど、女達はしゃべり、笑っていた。

どちらかというと、何事も一人で行動する令子は場違いなところに飛び込んだ気がした。

スパゲティカルボナーラとサラダを注文して、コーヒーを一口飲む。ほっとするひとときだ。

仕事が終わってから急いで家に帰った時のことが懐かしく思い出される。お腹をすかせて待っている子ども達のために、少しでも早く食事を出したかった。今は定年退職した夫の隆が食事の用意をして待っている。

変われば変わるものだ。古代インドの教えでは林住期といって五十歳を過ぎたら、家をたたんで放浪の旅に出てもいいのだ。

娘の千花は結婚して、夫と三人の子ども達とで幸せな家庭を築いている。息子の真は彼女もいるし、時々友達の家に泊まってくる。

結婚がまだなのと、二年近く勤めた企業を最近辞めて、目下フリーターをしているのが気がかりだが。

隆は定年で会社を辞めて、悠々自適の生活を決め込んでいる。外へ出るのが嫌い。友達と梅田で落ち合って飲みに出かけても、二時間余りで帰ってくる。食材を仕入れにスーパーへ出かけても、さっさと帰ってくる。あとはずっと家にいて、一日中パソコンを触っているか、テレビを見ているかだ。家が大好きなオタク人間だ。亭主達者で留守が良いとよく言われるが、我が家にはあてはまらない。

男性は優しくなければ駄目だ。一昔前の男性は女性に対していばることしかしなかったが、現代の男性は女性に対して優しくなければ価値がない。何も出来なくても、優しければそれでいい。隆は女性に優しくするのは罪悪だと思っているみたいだ。


ゆっくりと食事を終えた令子はふとある事を思い立った。

先日、街を歩いていて目にしたマンスリーマンションのモデルルームを見に行きたいと思った。このマンションは月額六万五千円くらいの家賃で家具もついているらしい。令子のように一時的に夫から離れたい人間にとっては、身ひとつでころがり込める好都合なマンションだ。全く便利な世の中になったものだ。

早速、隣町のＳ市に車を走らせて不動産屋に行った。営業マンが案内してくれると思ったのだが、普通の賃貸ではないので鍵を借りて、自分で見に行くシステムになっているそうだ。鍵を受け取る時に免許証のコピーをとられて、誓約書を書かされた。

マンションに着くと想像していたより大きな建物だった。日当たりも良さそうだ。外観もＯＫだった。中に入ってみると、ワンルームの間取りでフローリングになっている。バスとトイレが別々になっており、これもＯＫ。

洗濯機、冷蔵庫、電子レンジ、テレビなど生活に必要な電器製品が備わっている。ベッドもついている。ここなら布団さえ運び込めば明日からでも住める。

けれど一つ心配なのは、廊下を歩いてみてわかったことだ。このような月極めの契約なら住む人が頻繁に変わり、隣に誰が住んでいるかわからないということだ。犯罪につながる危険性もある。

不動産屋に引き返し、営業マンに鍵を返す。

「どうでしたか。」

「気に入りました。」

「そしたら見積もりをしますので、少しお待ち頂けませんか。お時間はとらせません。」

「見積もりって？　家賃六万五千円でしょう？」

「いえ、初期費用ということで、入居の時にお支払いいただく金額を算出いたします。」

「ハァー。」

納得いかないまま待つこと、十五分。

「お待たせしました。入会金十五万円、部屋のクリーニング代二万五千円、食器類二万円、家賃二ヵ月分十三万円。合計三十二万五千円です。」

「えー、そんなにいるのですか。敷金がいらないと聞いていたので、もっと安いと思った。」

「この入会金十五万円は生涯有効ですから、全国どの地域でも住むことができます。」

「フム、フム。これは便利かも。家を出る自分にとってどこに住んでも自由だから、北海道に一年、沖縄に一年、なんて住めるわけだな。」

「そういう風に利用して頂いている方もいます。」

「そうだな。じゃ、決めます。」

入居についての諸々の手続きを終えた令子は、自宅の最寄り駅の駐車場に車を入れた。ひと仕事終えた解放感も手伝って、久しぶりに美里と会うことにした。

携帯電話を出して美里にメールを入れる。

「今日は忙しいですか。仕事が終わったら会えますか。」

まもなく美里から返事が来た。

「五時半に梅田のオープン・カフェで会いましょう。」

五時過ぎまでデパートをブラブラして時間を潰した。

美里は高校時代の同級生で、大阪市内のブティックに勤めている。令子の親友で何でも話せる間柄だ。五時半にオープン・カフェに行くと美里はまだ来ていなかった。コーヒーを頼んで、ひと息つく。

昼間の学校での自分と一八〇度違う自分がいる。それにしても、近頃の中学生にはついていけないものがある。家庭できちんと躾が出来ていないのか、しわ寄せが学校にくるふしもある。

自分勝手な中学生。

指示待ち症候群の子ども達。

そんな中学生を相手に毎日悪戦苦闘している自分。でもこの仕事が好きだから辞めようとは思わない。

生徒がのってきて、自分もうまく出来たと思える授業の時は、ああ、教師をしていてよかったとしみじみ思える。クラスと教師の相性というものがあって、あるクラスで素晴らしい授業が出来て、同じことを別のクラスでしても必ずしも成功するとは限らない。

今日は乗りの良いクラスと、だらけた雰囲気のクラスの二時間の授業と選択授業を終えた。

まもなく美里が現れた。

「ごめーん。お待たせ。元気？」

「元気すぎて困っているわ。」

「相変わらずね。それで今日はどうしたの？」

「マンスリーマンションを見つけたのよ。それでもう契約しちゃった。」

「また決断が早いのね。」

「遊びに来てね。一つ問題が解決していないの。まだ夫には言っていないし、たぶん反対されると思うわ。」

「普通の御主人だったら反対するでしょうね。」

「それでいろいろ考えたんだけどね、あなたと一緒に住むということにしてくれないかしら？」

「御主人が見にきたらどうするの。」

「見に来ないって。以前からもし私がセカンドハウスを買ったら来る？　なんて聞いたけど、行かないと言っていたもの。」

「じゃ、いいわよ。」

「オッケー。何かあればよろしくね。そのかわりあなたの時も協力するから。」

「お腹すいたね。」

「話がまとまれば急にお腹がすいてきたわ。ロシア料理を食べに行こうか。いいところを見つけたのよ。」

二人はターミナルビル十六階のレストラン街にあるロシアンレストランに足を運んだ。

「いらっしゃいませ。何になさいますか。」

「まずウオッカを二つと、クリームシチューと、パングラタンを。」

「かしこまりました。」

「乾杯！　これからの後半の人生に良いことがありますように。」

美里は二十五年間アルゼンチンに住んでいた。二十歳でアルゼンチンに渡って結婚し、四十五歳の時に、日本に一時帰国している。

母親が高齢で少しでも一緒に過ごしたいからだ。母親は美里の兄のところで暮らしている。

外国暮らしが長いから、考え方が日本人とは少し違う。子どもは娘二人がアルゼンチンにいるが、夫と二人で帰国した。娘たちの自由を尊重し、干渉がましいことを言わない。このあたりが日本人と違うところだと常々、令子は思う。

二人で食事をおいしく頂き、ロシアンティーにバラジャムを入れて、食事を締めくくった。

「美味しかった。幸せ。」

「ねえ、私達これからどうなるのかしら。どこへ行くのかしら。」

と美里が令子に聞く。

「そうねえ。八十五歳の女性の平均寿命まで生きるとしても、あと三十年もあるわ。」

「三十年も何をして生きていけばいいの。」

「何って、私の場合はもう少し仕事をして、下の息子を結婚させて、あとは夫と二人の長い老後が待っているわ。暇になったら、今まで読めなかった古典などを紐解いていきたい。でも、夫とは少し距離を置きたい。」

「私はいずれアルゼンチンに帰って、下の娘の結婚を見届けないといけない。上の娘は、自立していて彼とは事実婚の関係だから安心だけど。仕事もコーディネーターをしていて、日本とアルゼンチンの架け橋的な役割を果たしているわ。」

「そう言えば、クリスティーナちゃんは時々日本のテレビに出てくるね。立派な娘さんを持って羨ましいなー。」

「何言っているの。御主人に御飯を作ってもらって、自由に仕事をして、どこに不満があるというの。ぜいたくな悩みよ。あんな良い御主人はいないと思うよ。」

「ところがいいのは外づらだけ。家に入ると外出はしないし、頭が堅いし、息が詰まるわ。」

「じゃ、一度別居してみなさいよ。でも一度家を出ると、気まずくなると思うよ。」

「大丈夫。うまく言うから。それに時々は家に帰るつもりだから。」

「カラオケにでも行って、パァーと騒ごうか。」

「うん、行こう!」

二人は近くのビルの「三千円で飲み放題、歌い放題」というのに行くことにした。

二人が機嫌よく昔のグループサウンズの歌などを歌っていると、隣のテーブルで三人連れで来ていた息子の真みたいな年齢の男の子達が声をかけてきた。

「御一緒させてもらっていいですか。」

「いいですよ。人数が多い方が私達も楽しいから。」

と美里。

かなり酔っていた二人は、三人の男の子達を同じテーブルに招き入れた。

息子のような男の子を相手に、飲んで歌った。歌のジャンルは全然違うが、相手が歌っている時は適当に身体を動かし、手拍子を打っていればいい。

それにしても可愛い子たちだな、真もこんな風にどこかで歌を歌ったりするのかしら、と令子は考えた。

真は目下フリーターであまり会話がないから、どこで何をしているかわからない。

小学生の時は母親が大好きで、いつも膝の上に乗ってきた。高校生になると口数が少なくなり、小学二年生から高校三年生まで続けた野球に没頭しているようだった。大学を出て希望の会社に就職したが、激務続きで令子達両親が身体を壊してまで仕事をすることないとアドバイスして、辞めさせたようなものだ。

真とはあまり会話がなくても、夜家に帰ってきて御飯を食べる姿を見るだけでも満足である。

「真ちゃん・・・」

小さい声で誰にも聞こえないように呼んでみた。男の子を持たない美里は、令子のそんな気持ちはわからないだろう。

気がつくと、隣に座った男の子がどんどん酒をついでくれている。飲み放題だからいくら飲んでも良いとは言え、少し飲み過ぎた気がした。水で薄めないでロックでついでくれるものだから、頭がクラクラしてきた。二時間半ほど過ごして帰ることにした。

立とうとすると足がもつれて、ちゃんと立てない。やっと美里に抱えられて外に出た。でも足がヘナヘナとなって歩けない。

「タクシーを呼んでくれない？　歩けないの。」

美里に言うと、

「大丈夫？　家まで送っていくわ。」

美里は歌うほうに夢中で、あまり飲んでいなかったようだ。原酒を飲んだ令子は今にも吐きそうだ。やっとの思いでタクシーを拾ってもらって、美里にタクシーに乗せられた。

タクシーの中で戻しそうになると、運転手が、

「ちょっと待ってくださいよ。外でやって下さい。」

と言って車を止めた。

道端にしゃがみ込んで吐いている令子を美里が心配そうに見ている。

……少し今日は度を過ごしたかな。いろいろあったから解放感から飲み過ぎたみたい……

美里に家まで送り届けてもらい、倒れるように眠り込んだ。

翌日は仕事が休みである。頭がガンガンする。二日酔いだ。まだ酒の臭いがする。生まれて初めての経験だ。今日は一日寝て過ごすことにする。夕方近くまで二階の自室で寝て、やっと気分が戻った。家にいる時ぐらい夕食の仕度をしないと、隆に申し訳ない。

夕食にスキヤキの用意をして隆と二人で食卓を囲んだ。真はまだ帰ってこない。

頼みごとがある時は低姿勢でいかねばと思い、ゆっくりと切り出した。

「あのね、お父さん。私、今勤めている学校の近くに部屋を借りたいのだけど、いいかしら。時どきはここへも帰ってきて、掃除や洗濯、たまに料理もするし。何より勤務先に近いのが便利なの。」

「何寝ぼけたことを言っているんだ。どこの世界にちゃんとした家があるのに、嫁さんだけ別に住んでいるところがある？　第一近所にかっこ悪いじゃないか。」

「近所には母の具合が悪いから実家に帰ってると言ってくれていいわ。私も近所の友達にはそう言うから。」

「駄目だ。駄目といったら駄目だ。」

仕方がない。今日のところはあきらめよう。

困ったな。もう契約してしまったし。なるべく早く入居しなければ。そこで次の切り札を出した。

一週間後、

「あのね、この間のアパートを借りる話、美里さんと一緒に住もうと思っているの。彼女の御主人の単身赴任が決まったんだって。」

「まだ言っているのか。どうして急に美里さんの御主人の単身赴任が決まったんだ。そんなに家を出たいのなら勝手に出て行け！」

しまった。隆を怒らせてしまった。だが仕方がない。自分のしたいようにするしかないから。いつだって自分はそのようにしてきた。

次の土曜日、令子は当座の衣類と書物、布団を車につんで、一人ひっそりと家を出た。

真には手紙を書いて机の上に置いてきた。

「お母さんは仕事先に近いので左記のところに引っ越します。あなたももう二十五歳で大人だから、自分のことはよく考えて自分で決めなさい。遊びに来たかったらいつでも遊びに来てもいいよ。

住所　〇〇市〇〇町一―二六
　マンスリーメゾン２０３号
月曜日からいつもと変わりなく中学校に出勤した。引っ越ししたことは勤務先の誰にも言わなかった。今まで仕事が終わっても隆の待つ家にはすぐには帰りたくなかった。しかし一人暮らしになると早く家へ帰りたくて仕方がなかった。仕事の帰りにスーパーマーケットに寄って色々と買い込んだ。自分だけのために、食べたい料理を作ることはこんなに楽しいことだったのか。今まで自分は料理をするのが嫌いだと思っていたが、考えを改めなければいけない。
　ベランダの近くにテーブルを移し、空の色や外の景色を楽しみながら、料理をいただいた。今日のメニューは鮭のムニエルとミネストローネだ。食事の時はテレビをつけない。純粋に食事だけを楽しむ。隆はいつもテレビをつけていたので、その騒音から逃れられただけでもよかった。代わりにＣＤデッキから音楽を流した。令子の好きなチャイコフスキーのピアノコンチェルト。柔らかな調べが部屋全体に流れる。
　二週間後の日曜日、息子の真が訪ねてきた。休みなので朝寝を楽しんで、ブランチをとっている最中に玄関のチャイムが鳴った。

魚眼レンズから覗くと、真が立っていた。

急いでドアを開け、真を招き入れる。

「どうしたの？　こんなに早い時間に。」

「うん。ちょっと顔を見たくなって。」

「家ではあまり口をきかなかったのに、どういう風の吹きまわし？」

「オフクロが家にいる時は有難みがわからなかったけれど、いなくなるとやはり寂しいよ。」

「お父さんはどうしてる？」

「相変わらずパソコンオタクで、家から一歩も外に出ないよ。」

「家にばかり閉じ籠もっていると運動不足になって、健康によくないとあなたからも言っておいて。」

「わかった。美味しそうなもの食べているね。」

「お腹がすいているのなら何か作ってあげるよ。」

令子は真のために、炊きたての御飯でおにぎりを二コ握り、みそ汁とハムエッグ、作り置きのキンピラゴボウを添えた。食事を終えると、真は友達に会うと言って帰って行った。

　ブランチを終えると十二時、洗濯と掃除はあっという間に終えてしまった。ワンルームだから掃除はすぐに終わる。一人分の洗濯は干すのにも時間がかからない。日曜日の午後はゆっくりと過ぎていく。テレビをつけないで静かな時間の流れの中に身を置いた。

　夕方になったので買い物がてらに散歩に出ることにした。芥川の河原をスニーカーを履いて足早に歩く。散歩道の両側には大木《たいぼく》が植わっていて、川のせせらぎが聞こえる、マイナスイオンが一杯の令子のお気に入りの散歩コースだ。夕方になると川の周囲には二十人ぐらいの散歩者や、ウォーキングをする人が歩いている。中年の夫婦、初老の夫婦、若いカップル、女の子の二人連れなど、さまざまな人達がいる。令子のように一人で歩いている人もいるが、寂しくなかった。隆と住んでいる時も二人で散歩には出なかった。一人で歩いている方が好きだ。いろいろ考えながら歩いていると、あっという間に川を一周してアパートに着いてしまった。途中で買ってきた食材で今日はブイヤベースに挑戦してみた。家にいる時はあまり手の込んだ料理をしなかったのだが、ひとり暮らしになるといろいろと作るようになった。時間に制約がないからだろう。ブイヤベースとサラダで一人きりの晩餐を始めた。今日のバックグラウンドミュージックはラフマニノフのピアノコンチェルトだ。

家を出てから隆は令子のアパートへは訪ねてこないし、家に帰ってこいとも言わない。かといって離婚するとも言わない。思い上がりかも知れないが、隆は困惑しているのだ。自分は妻を愛しているのに、妻はどうして勝手な行動をするんだろう――という気持ちかも知れない。それで時々は家に帰っている。


二ヵ月後の休日、親友の美里と佳代が遊びに来た。佳代は公務員をしており、一人息子は結婚して夫と二人暮らしだ。令子の友人はほとんど職業を持っている。ベビーブーマーで、寿司詰めの教室に入れられ、ずっと競争を強いられてきた。

二人は花束とワイン持参でやってきた。

「やったね。とうとう夢の一人暮らしを実現させたのね。」

「生まれてこの方、一度も一人暮らしなるものを経験したことがないので、強行突破したわ。」

「どう、感想は?」

と佳代。

「もうかれこれ三ヵ月になるけど、全然退屈しないわ。二十四時間自分のためだけに使えるというのがいいわね。」

「いいなあ、私も早くそんな気楽な身分になりたいわ。」

佳代はフルタイムで働いているけれど令子と違って、夫に家事を手伝わせたりしない。子どもが一人だからか夫をとても大切にし、小遣いも多目に渡している。自分は佳代のような人の夫になりたかったと思う。

「今日は皆でアルゼンチン料理を作ろうか。」

とアルゼンチンに二十五年間いた美里が提案する。三人は旅行や遊ぶ時はいつも一緒に行動する気心の知れた仲間だ。夏の東北や信州には計り知れない想い出がある。もちろんお互いの私生活も熟知している。

エンパナダとニョッキを作るそうである。どちらかというとスペイン料理の部類に入る。神戸に住む美里のマンションは、外国に来たのではないかと思い違うほど、エキゾチックな雰囲気に溢れている。額や調度品、家具や果ては食器に至るまで長い外国暮らしを感じさせる。美里のマンションにはよく泊めてもらったものだ。家族から離れたい時、美里の夫の留守を狙って泊まりに行った。

まずニョッキを作る。じゃが芋を茹でて裏ごしをし、小麦粉とバターを混ぜて練っておいたものに混ぜ合わせる。形を整えて蒸し器で蒸せば出来上がり。簡単に出来て、栄養満点の食べ物だ。

次はエンパナダだが、これは西洋餃子みたいなものだ。小麦粉に塩を混ぜて、パンを作る要領で生地を薄く伸ばしておく。ミンチ肉とピーマン、オリーブの実、玉ねぎなどを細かくみじん切りにして炒める。生地の皮に餃子を包む要領で炒めた具を包んで、油で揚げて出来上がり。それにフランスパンとサラダを添えて食卓に並べた。順番にワインを注いでいく。

「久し振りに豪華な食卓になったわ。さあ、乾杯しましょう。」

「何に乾杯する？」

美里はいつもそれを気にする。

「そうね、三人の健康と若さ、これからの人生に素晴らしいことがありますように。」

と令子。

「乾杯！」

三人のグラスが重なった。五十五歳の女三人の顔が輝いた。

「ところで美里さんのところのクリスティーナちゃんとエミリーちゃんは元気？」

と佳代。

「うん、元気よ。クリスティーナは仕事が忙しいけど、下のエミリーが一度日本に来たいと言っているのよ。」

「いいじゃない。親子水入らずで暮らせば幸せね。」

と令子。

「あなたは自分から家族と暮らすことを拒否して自由にしているのに何言っているのよ。」

と美里。美里もしばらく娘達と離れて暮らしていたので、一緒に暮らすのもいいと思っているらしい。

「佳代さんのところは夫婦仲がいいし、一人息子は結婚して、近くに住んでいるので安心ね。」

と令子。

それからの話題はまだ恋愛は可能か、という話になった。

いくつになっても恋愛は可能だ、自分自身さえ磨いておけばいつどんなチャンスがあるかも知れないという美里。

美里はブティックに勤めているせいか、公務員と教師の地味な仕事の佳代や令子より、おしゃれに気を使っている。常に流行の先端の服を身にまとい、化粧も目の化粧までバッチリして佳代や令子を驚かせている。

もっと驚くのは美里の恋愛観だ。

「もうおじさんはいらない。同い年でもいらない。若い男の子がいいわ。」

そう言えば、以前二人でカラオケに行った時、若い男の子達に声をかけられて美里ははしゃいでいたっけ。あの時、令子は隣の男の子に原酒をコップに注がれて、酔っぱらった醜態を美里に見られている。

「けれど自分が若い子がいいと言っても向こうが相手にしてくれるかしら。それに若い子だと、こちらがお金を出してやらなきゃなんないし貢がなくてはならないわよ。」

と令子。

恋愛の話の時、佳代は聞き役に回っている。

「いいわよ。若い子ならいくらお金を出しても惜しくはないわ。」

「私は若い子は駄目だな。話が合わないもの。それに気を使って恋愛するのは嫌だな。おじさんでも素敵な人がいるわよ。本の話をしたり、人生観を語り合ったり、一緒にグラスを傾け合えるような人がいいな。そんな人と友達になりたい。」

と令子。

「そうね、私もそう思う。」

と佳代。

これからの自分達は、仕事や家庭生活に没頭していた時に較べ、退屈な変化のない生活が延々と続くのかも知れない。今まで変化のある生活を送っていた身にはそれが耐えられるだろうか。しかし人は誰もがそうして年を重ねていくのだろう。自分を誤魔化しながら、すべて忘れたフリをしながら。

「令子さんは念願の一人暮らしをしたわけだけど、寂しい時はないの？」

と佳代。

「人間は所詮一人で生まれてきて一人で死んでいくんだものね。私どうやら人間嫌いに陥ったようなの。一人で暮らしてみてよくわかったわ。一日中誰とも話をしないでも平気だもの。学校でも授業以外は出来るだけ誰とも口をきかないで、そそくさと帰るようにしているの。」

「そう言えば令子さんはあまり口数の多い方ではないものね。」

「私は誰にも邪魔されないこの空間にいて、自分が今まで何をして、これからどのように生きて行きたいのか、自分の心の声を聞いてみたいと思うの。今までは忙し過ぎたし、周囲の雑音が多過ぎたもの。

私には一人暮らしの静かな環境が必要だったわ。」

その夜は三人でワインを空け、三人とも酔いしれた。二人は夜の十一時ごろ帰って行った。

令子は五十代後半で中学校の講師を退職した。その延長で教室に入ることが出来ない子ども達をサポートする不登校支援の仕事を四年間した。これはその時に取り組んだ記録である。

「常に学力保障を頭に入れて取り組んだ。教室に入れない生徒のために何が一番大切かというと、良い居場所作りも大切だが、まず生徒に学力をつけることが大事だと上司に教わったからだ。

一学期は試行錯誤の毎日だった。つっぱり気味の中学三年の女生徒Kは一年の時のクラスメートとの喧嘩から学校に来られなくなり、一年の三学期から卒業までと中学校生活のほとんどを心の教室で過ごした生徒である。彼女に学力をつけて、高校入試に備えること――これが課題であった。一学期は週三日の自分の出勤日には一日一時間以上の国語の学習を取り入れた。もう一人の在室生徒、三年女子Nとともに生徒二人に教師一人の授業体制をとって学習した。夏休みには二人を連れて三校の高校訪問をした。いじめ不登校係会議に出席していることもあり、会議で数学を教えにきてほしいと提案したところ、管理職の先生や生活指導の先生の計らいで二学期から週に一度、二年の数学科の先生に数学を教えにきてもらえるようになった。そして校長先生自ら、定期的に理科を教えていただいた。教頭先生にも数学を教えていただいた。生徒達は、先生が心の教室に勉強を教えにきてくれる日を心待ちにするようになった。本校は小規模校であり、教師の人数も少ないことから他教科の応援は定期的には頼めなかったが、英語、社会、音楽、美術、体育、技術・家庭科と不定期に様々な教科の先生に教えにきてもらえるようになった。これは昨年度不登校職員の配置がなくて、一年間担任の先生以外はほとんど二人だけで過ごした生徒達にとって、楽しい充実した一年になったことだろうと思う。二学期からは生徒が四人に増え、それぞれ切磋琢磨しながら学習を頑張った。

心の教室の通室生の全員が私学や専門学校に合格した。一人Nが進路変更し、定時制を受けることになった。ひっこみ思案だったNは積極性が出てきて、高校へ入ったら絶対頑張るという手紙を卒業式の日にくれた。」

セカンドライフ

あれから五年の歳月が流れた。令子は六十歳になった。真も企業に就職し、結婚して子どもが二人生まれた。真が結婚する時令子は一人暮らしを解消し、家に戻った。真の結婚の準備が忙しかったからだ。夫婦二人暮らしになり、孫も五人いる。夫婦仲は良くもなく悪くもなく、普通の関係だろう。二人で子ども達の家に行く時ぐらいしか行動を共にしない。

ある日、中学校の同窓会の幹事会が開かれた。そこで令子は潤と出会った。四十二歳の時の同窓会で会って以来だ。

潤は令子を見ると、

「久しぶり、あまり変わってないね。」

と言った。令子から見る潤は、素敵に年を重ねている感じだ。

その日は幹事の男女四人で次回の同窓会の相談をした。四人でメールアドレスを交換した。その時潤とは山の話などをした。

それから間もなく潤から
「京都の北山に登らないか。」

と誘われた。潤は山男で若い頃から北アルプスに何度も登っているとこの前会った時に言っていた。令子も山が好きで月に一度くらい近くの山に登っている。

誘われた時、そんなに親しくない潤と二人で行くのはためらわれたので、同じ幹事だった律子を誘ってみた。

電話すると律子は、「私は平地歩きなら得意だけど、山歩きは自信ないなあ。」

とあっさりと断られてしまった。

仕方ないから、二人で京都北山に登った。

以前から令子は、自分よりスキルが上の人と山歩きがしたい、特にまだ挑戦したことのない北アルプスに是非行ってみたいと思っていた。

北山の廃村八丁に行くのは、二十歳の時以来なんと四十年振りになる。期待して行ったが、未来都市が白壁に描かれていた建物は壊されていて、跡形もなかった。

潤と二人で山歩きをして、落ち着いた気持ちになっている自分を発見した。寡黙な潤はほとんどしゃべらない。何か悩み事があると北山に登ると言った。北山が自分を癒してくれるとも。いつも一人で登るそうだ。

何故自分を誘ってくれたのだろう。深く考えるのはよそう。

その後、令子は夏休みに友人とスイス、ドイツに十日間の旅行をした。山好きな令子は元気なうちに行きたい国にスイスがあった。

中でもアルプス最高峰、四八一〇ｍのモンブランをこの眼で見たかった。

麓の都市シャモニーをケーブルカーで出発後、中継点のエギュイ・デュ・ミディに到着。そしてエレベーターで三八四二ｍの頂上テラスに登った。ここから、フランス、スイス、イタリアの三ヵ国にまたがる四〇〇〇ｍを越える、マッターホーン、モンテローザ、モンブランなどのアルプスの最高峰が見渡せた。

スイス旅行で登山電車に乗り、氷河の中を歩き、サンモリッツ、ツェルマット、シャモニーなど、素晴らしい景色の麓の町を歩いたことは忘れられない想い出だ。

帰国すると潤からのメールが待っていた。

「時差ボケなどでお疲れでしょうが、回復したら連絡下さい。」

とあった。

　翌日に返信すると、

「一度お会いしませんか。」

　ということだった。

　北山に登ってから、一ヵ月以上が経っていた。季節は九月に入り、日中はまだ夏の暑さが残っているが、朝夕の吹く風に秋の気配が漂っている。

　ちょうど、北山のお礼にスイスで求めたキーホルダーも渡したかったので会うことにした。

　二人だけで街中で会うのは初めてだ。山での潤はたくましく、大きく感じたが、こうして街で会ってみると普通のおじさんだ。令子も普通のおばさんだろう。

　潤は令子が日本のアルプスに行ったことがなく、一度行ってみたい、と言っていたことを覚えてくれていて、

「今度、立山縦走をしないか。」

　と言った。

　立山なんて立山黒部アルペンルートのバス旅行に行っただけで、登れるなんて思っても

みなかった。

「えっ、本当？　連れていってくれるの？　こんな未熟な私でも大丈夫かしら？」

「大丈夫だよ、僕がついてるし。」


こうして九月中旬に二泊三日で立山縦走をすることになった。

サンダーバードと新幹線で富山まで行き、一日目は富山駅前のホテルに泊まった。潤はシングルルーム二部屋をとってくれていた。

翌日は四時起床、電鉄富山駅~立山駅まで行く。そこから美女平までケーブルカー、高原バスを乗り継いで室堂に到着。

立山連峰が目の前に広がる。今まで観光に来ていた時と気持ちが違う。あの山に登るのだと闘志がわく。

潤は後を見ながら、ゆっくりしたペースで歩いてくれた。これならついてゆけそうだ。

まず雄山を目差す。雄山山頂へはゴロゴロした岩道を登っていくのがかなり大変だった。

雄山神社に着いた時には、いつのまに、というくらい人で溢れていた。雄山三〇〇三m。

神社にお詣りして、コーヒーで一服。三六〇度の眺望が開ける。昔から立山に登るということは雄山に登るということだそうだ。

次に目差すは大汝山。三十分ほど歩くと到着。標高三〇一五m。眼下に黒部ダムが見えた。

次に富士ノ折立まで行くが、午後になってガスが出てきたので、注意しなければいけない。

潤の背中を頼りに、一歩一歩踏みしめて頂上まで登った。二九九九m。

この時から気温も下がり、風が出てきた。

しばらくすると雪が降ってきた。あとで宿の人に初雪だと聞いた。まだ九月中旬だというのに、なんというタイミング。人生初の北アルプスで初雪に出合うとは。

これで立山三山を制覇できた。潤の案内があったからだ。

それからは右手に剱岳《つるぎだけ》（二九九九m）を見ながら、尾根道をひたすら歩き、今夜の宿、雷鳥荘を目差した。前を行く潤の背中が見えないくらい吹雪いた。令子は冬用の手袋を持ってこなかったので、凍傷を起こしそうだった。ようやく雷鳥荘の屋根が見えてきた時はほっとした。雷鳥荘へと続く下りの道をどう歩いたかは定かではない。それほど体力の限界まできていた。一人だったら倒れていたかも知れない。潤のお陰でここまで来ることが出来た。山の天気は変わり易いことを実感した。

雷鳥荘はまた人で溢れていた。二段ベッドの上下で潤と話をした。潤もかなり疲れているようだった。

この三日間の旅行で潤と令子はかなり親しくなった。

今まではただ知っているだけだった二人が、偶然の再会をした。その後、京都の北山に登った。山が二人を近づけてくれた。

二人は還暦を過ぎたばかりだ。潤も家庭があるが、偶然に出会ってしまった。そして琴線にふれた。運命の神は人生の後半にもう一つ素敵な出会いを下さった。このまま枯れていくように人生を終えるのかと思いきや、生きていく楽しみや喜びを与えて下さった。


令子の長年の夢は、自分だけの城をもつことだった。五十代の時、一時的にマンスリーマンションを借りて一人暮らしを始めたが、真の結婚の準備で忙しくなり、半年ほどでマンションを解約した。今度は永く住めるセカンドハウスを購入したいと思うようになった。夫の隆と二人暮らしだが、隆とはあまり会話がはずまない。一緒に食卓を囲むが、話すことと言えば孫のことぐらいだ。

昔は二人で世界各国を旅行したのに。時々は仕事帰りに待ち合わせて食事に行ったりもした。年月や慣れというのは恐ろしいものだ。シルクロード、ピラミッド、メコン川、ベニス、フィレンツェ、イスタンブール、ハワイ七島巡りなど、四、五十代で訪れた各地が思い出される。

六十五歳の隆と六十歳の令子、まだ老いには少し間がある。お互いに助けが必要となった時には、喜んで世話をしたい。隆は六十歳の定年で会社勤めを辞め、令子は六十歳の今も非常勤で仕事をしている。

隆は仕事を辞めた後、料理をするようになった。元々食べることが好きで、美味しいものを食べたいという欲求が人一倍強いようだ。

令子は、料理はあまり得意ではない。共働きの間はずっと料理はしてきたが、二人の子ども達と隆の食欲を満たすためだけに作っていたような気もしている。

隆が料理をするようになり、子ども達も巣立ち、自分達の老いがくるまでの少しの間、もう一度一人暮らしなるものをしてみたいものだと令子は思うようになった。

隆の良いところは、令子の給料をあてにしないこと、だから今まで少しずつ貯金をしてきた。子ども達が結婚する時は、自分の貯金から、二人に少なからず与えた。

今、その貯金を使って自分だけの城を持ちたいという夢は膨らむ一方だ。

最初は週末に行く琵琶湖近くのリゾートマンションが良いと思い、何度も訪れて契約しかけたこともあった。だが、いくら関西圏と言えども、片道一時間半かかるところにはあまり行かないだろうという予感があった。

やっと捜しあてたマンションは、片田舎にあり、周りに田園風景が広がる。窓から山も見えるマンションだ。令子の住むT市からも近いし、娘の千花の家にもより近くなる。

今回マンションを買うにあたって、隆より潤に相談した。隆に言うと反対されるのは目に見えているからだ。すべて決まってから事後承諾で行こう。潤には、随分助けられた。

女一人で不動産を買うとなると大変だ。物件の下見から、契約締結まで、潤が付き添ってくれた。どんなに心丈夫だったか。

ようやく契約にこぎつけた時、令子はホッとした。すべて潤のお陰だ。自分一人ではこんなにトントン拍子にことが運ばないだろう。

途中で優柔不断の性格が顔を出し、止めようと思うだろう。今まで何度か同じようなことを繰り返してきた。ところが今度は、下見から契約まで一ヵ月余りで済んだ。潤の後押しがあったからだ。

隆にマンションを買ったことを言うと、

「フーン。」

とあまり反応がなかった。

あまり感情を表すタイプではないのだが、もう少し何か言ってもよさそうなものだが。

令子は六十歳で不登校支援の仕事を辞め、市の非常勤職員の採用テストを受けた。採用され週四日図書館に勤めている。ウィークデイはT市の自宅から職場に通い、週末にマンションで過ごすという生活をしている。

こうしてセカンドハウスを手に入れ、毎週末には必ず訪れ、たった一人思いっきり自由を満喫している。

先日、娘の千花が三人の子どもを連れてやってきた。千花は、

「フーン、意外と広いね。お母さん頑張ったね。」

と言った。

孫たちはそこら中を走り廻り、まず幼稚園生の翔が、

「キッチンとリビング、近いね。」

と言った。要するに狭いということか。

三年生の蓮と一年生の琴花は、

「こっちの和室と、南側の和室とどっちが好き?」

と言い合っている。

二LDKの一人静かに過ごしていた部屋は、あっという間に狭く感じられたようだ。

翔がいきなり、

「じいちゃんはどうしたの?　どこにいるの?」

と聞いてきた。

「じいちゃんはT市の家にいるよ。令たんもいつもそこに帰っているのよ。ここは令たんの隠れ家よ。」

と千花が言う。うまいこと言うものだと感心する。

この部屋での令子のお気に入りは、隆と世界各国を旅した時の、国々の小物や人形たちだ。飾り棚に並べて楽しんでいる。

今日は、休暇の潤がマンションを購入して初めてやってきた。引っ越してきて日が浅いので何もない。すべて一から揃えなくてはならない。大きな家具の一つ、リビングに置いている飾り棚を購入した。電器製品も一通り購入した。こまごましたものは、マンションに来るたびに家で眠っているものを、車で運んでくる。

やっと一通りのものが揃い、住めるまでになった。ところが、中古マンションなので壁紙が少し汚れているのが気になった。業者に頼むとかなりな金額を請求されるだろう。出来るだけお金をかけないで済ませたい。そのような話を潤にすると、潤は、

「僕が壁紙を貼り替えてあげるよ。」

と言った。

幸い室内は引っ越したばかりで、家具らしいものはない。自分の家でもしたことがあるというので、令子はお願いすることにした。

令子が仕事に行っている間に、二日間で潤は壁紙を貼り替えてくれた。十二帖のリビングルームは新築マンションみたいになった。

一人で大変だったと思うが、何も言わずに引き受けてくれ、綺麗に仕上げてくれた。令子は潤に心から感謝した。

ある日曜日、潤がマンションにやってきて料理をしてくれるという。

「今日の献立はビーフシチューとベーコンサラダだよ。」

「えっ、鯨のベーコン大好き。小さい時よく食べたよね。」

大皿に令子が途中で買ってきた、イカ、ハマチ、マグロ、鯛の刺身を盛ると随分豪華になった。鍋からはビーフシチューのいい匂いがし、湯気が立っている。

二人はビールで乾杯した。

「何に乾杯？」

と令子。

「君のマンション購入と、二人のこれからの人生に乾杯！」

と潤。

「私、あなたと知り合ってなかったら、人生の後半は味気ないものだったかも知れない。知っているだけじゃなくて、こうして一緒に過ごせる時間があるということが嬉しい。」

「僕も君と出会えてよかったよ。」

「でもあなたは奥さんと仲良くしているからいいじゃない。」

「表面的に仲良くしないと生活していけないよ。便宜上仲良くしているだけで、心はとっくに離れているよ。君が八〇％としたら、妻は二〇％だ。」

「えっ、そんなに……嬉しいなあ。」

（私は九〇％あなたよ）と言いたかったが、黙っていた。

潤は定年まで勤めたのに、まだ仕事をしてほしいと妻に言われ、仕事をしている。

こうして二人でいると二十年前の大木との記憶が甦るが、あの時は若さで情熱がほとばしっていた。今は静かな気持ちで潤と向き合うことが出来る。夫と同じ人類愛みたいなものだ。


季節は巡って夏がやってきた。以前は毎年夏の北アルプスに登っていた潤が、

「谷川岳に登らないか？」

と言った。

昨年の九月には立山を縦走し、今年の夏は谷川岳に行ける……。この年になってこんな風に山行きが出来るとは……なんかワクワクする。

七月三十日、大阪を出発して水上温泉で一泊。翌日早朝、宿を出発。弁当を作ってもらい、ロープウェイで天神平まで行く。ここは冬はゲレンデになるそうで、辺り一面芝生が広がっていた。周りの景色もよかった。ここから登山道に入り頂上を目差す。谷川岳は

かって魔の山と恐れられ、遭難や滑落が多かった。標高一九七七ｍと高くはないが、岩が滑りやすく、滑落率を高めているらしい。しかし谷川岳のなだらかな稜線からは、魔の山は連想できない。ところどころ出てくる岩場の登山路を、潤の背中を見ながら一歩一歩踏みしめて登った。肩の小屋に到着。ここからは登りがきつくなるということで、休憩をとる。

しばらく登るとトマの耳（一九六三ｍ）に到着。今回は昨年の立山連峰に比べるとそんなに疲れなかった。標高も低いからか。向かいのオキの耳が呼んでいる。十五分くらいでオキの耳（一九七七ｍ）に到着。神社にお詣りして休憩をとる。周りを見ると、群馬、新潟の県境の三国山脈が見渡せた。折よくガスも晴れて三百六十度の眺望は素晴らしかった。来てよかった。

一人では決して行けない谷川岳に連れてきてくれた潤に感謝する。山男ならではの正確な判断に魅せられた。槍、穂高は若い頃に何回も登ったとのこと。いいなあ。私の年ではもう無理だろうと、令子は思った。四十代くらいだったら連れて行ってもらうのに。

谷川岳から帰ると、それぞれの忙しいルーティンが待っていた。令子は図書館での勤務をこなし、自宅では夫と時々は話し、料理や家事もした。週末には、片田舎にあるマンションに行き、思いっきり手足を伸ばして寛いだ。一方の潤は、妻の房子とまだ未婚の二人の息子達との生活、それに再任用の仕事に没頭した。

季節は移りある冬の日曜日、潤は令子のマンションにやってきた。

「今日は何しようか?」

と潤。

「近くのお寺に行ってみない?」

と令子。

令子の住んでいるマンションの近くに、鎌倉時代に建立された古い寺がある。この地域の地名にもなっている寺まで散策することにした。近くにある喫茶店に立ち寄り、コーヒーを頼んで寛いだ。潤と一緒にいると心が安らぐ。潤もリラックスしているようだ。

寺に着くと、老梅が満開だった。辺りにいい香りが漂っていた。

「老梅が綺麗ね。」

「うん、それにいい香りがする。」

「梅って育てるの難しいのかしら?」

「そうでもないよ。地植にしたら自然と花が咲くよ。」

「私、月ヶ瀬梅林で梅を買ってきて植えたんだけど、根付かなかったわ。」

「土が悪かったのかも知れないね。」

会社員時代の潤は、緑化関係の仕事をしていて、植木のこと、特に桜に関しては詳しい。二人で話していると、住職がやってきて寺の説明をしてくれた。この寺は行基菩薩の開基で、御本尊は木造釈迦如来立像であることなど。御本尊にお詣りして寺を後にした。

こういう友人関係もあっていいのだと思う。一歩踏み出せないでいる無骨な二人だが、それでいいと思う。離れていてもお互いのことを思う時、心が晴れ、幸せな気持ちになれるなら。想像するのは自由だ。


デュアル・ライフ……

令子はT市の家にいる時と、片田舎のマンションにいる時、全く違った気持ちになる。

T市の家には、隆と二人で築いた大切なものが一杯詰まっている。ここで子育てをし、仕事をし、二人の子ども達が巣立ち、隆の定年を迎えた。その間、隆はずっと令子を守ってくれた。感謝している。

一方、片田舎のマンションにいる時は、一個人として過ごすことができる。近所付き合いもなく自由に解放された気分になれる。町に出ても知らない人ばかりだ。何か月かに一度会う潤は遊び心を共有出来る大切な人。それはそうだ、生活していないから。その潤ともいずれ別れがくるだろうと予感している。

隆と潤とも離れ、一人マンションで寛ぐ令子。子ども達はそれぞれ幸せな家庭を築いている。両親も見送った。これからは隆との長い老後が始まるのだろう。

来し方行く末を思い、人間は基本はいつも一人だと思う。これから残された人生を自分はどこへ行くのだろう。今どの辺りにいるのだろう。令子の脳裏に荒野をただ一人歩く老女がいた。

幾山河　越えさり行かば　寂しさの
　終てなむ国ぞ　今日も旅ゆく

尾瀬で遭難

二〇一六年七月二十七日、午後八時。令子は尾瀬に向けて自宅を出発した。同行者は高校教師をしている山男の弟だ。弟の運転で尾瀬まで行く。

今回の山行きは一日目尾瀬ヶ原、二日目燧《ひうち》ヶ岳登山、三日目至仏山登山というハードなスケジュールだった。帰りに温泉に寄るというのでそれを一番楽しみにしていた。後で聞くと弟は令子の登山経験を過大評価していたと言った。

二日目、五時起床、六時出発。尾瀬沼を通って燧ヶ岳に登る。十時半、山頂に到着。記念撮影をして、もう一つのピーク俎《まないた》ぐらを目差す。俎ぐらからは三百六十度の大パノラマ、尾瀬の全景が遥か下方に見えた。ここから本日の宿、長蔵小屋まで下山するのだ。

下山道は二〇一六年七月四日に開通したばかりの見晴新道だ。開通して二十三日目。人の足によってまだ踏み固められていないので歩く感触が柔らか過ぎる。そうこうしている内に午後一時ごろから、ポツポツ雨が降り出した。だんだん道に水が吸い込まれて、グチャグチャした道になってきた。雨はなお降り続いている。カッパを出して着た。もう午後二時になった。弟がもう少しペースを上げないと、夕食に間に合わないと言う。必死で下山した。午後二時半ごろ、道がぬかるんで最悪のコンディションの中、つるっと滑って尻餅をついた。

その時右足は左側に向かっていて、令子はいつもの感触と違うと感じた。これは絶対に歩けないだろうと思った。案の定、弟に肩を支えられて下山しようとするが、右足が効かない。骨折か捻挫しているのだろう。しばらくその場所に留まって人が降りて来るのを待ったが、一向に降りてこない。逆に、登っていく人と出会ったので、その人を弟は待つつもりだったらしい。しかし、時間が押して来ているので、一人で下山して助けを呼んでくるから待ってて、と言って降りて行った。現在午後三時、下山まで二時間、登ってくるまで二時間、四時間は待たないといけないと言われた。場所は山の中腹、標高一九〇〇mくらいのところだ。

木の幹に座って一人待った。傘を持っていたので傘を広げた。不思議と恐怖感はなかった。弟を信頼していたので、必ず助けに来てくれると思った。靴はぬかるみに入って泥だらけ。靴下もビチャビチャ。おまけにズボンも転んでぬかるみに入ったため濡れている。

令子はここで覚悟を決めた。四時間待つのだから、まず身を守ろう。ザックの中から乾いた服を出してきて、濡れた服と着がえた。周りに誰もいないので、大胆に素早く着がえた。けれど雨が降っているから傘をさしていても、カッパの中へ少しずつしみてくる。

その間、不思議と肝が据わって死の恐怖はなかった。けれど、三時間くらいたったころから、歯の根が合わず、歯がカタカタと鳴った。三時間半くらい経ったころ、前方に蜃気楼のようなものが現れた。

——車が止まっている。人が傘をさして歩いている。何人もいる。町みたいだ。ああ、助けに来てくれたんだと思った。けれどその人達は傘をさしているが、前に進んでいない。止まっている——

何だ、山でたまに見る幻覚かと令子は思った。いつもの山行きで下山途中に、お寺の屋根が見えて、ああもうすぐ平地だと思ったら、消えているというものだ。

確かめに行こうと、立ちかけるが足が動かない。あきらめてもう少し待つ。この時、低体温症を起こしていたと思われる。もう少し助けが遅かったら、命が危ぶまれていただろう。それからどのくらい時間がたっただろう。

山の中からうす明かりが見えた。

「おーい。」

という声も聞こえた。助かった。

こちらも

「おーい。」

とやり返す。

頑強な九人の若者の救助隊が到着した。地元の旅館から一人ずつ出ている若者だ。

「ああ、助かったんだ。」と再び思う。

しかしここからが大変だった。まず持参された水を飲み、おにぎりを一ついただく。そして右足の靴をテープで何重にも巻かれた。

自力で降りるのだ。

エーッと思ったが、やるしかない。命が助かったのだから。最初は二人に両腕を支えられて左足で歩いた。あまり進まない。次の手は道にお尻をついて、両腕を後にかいてスノボーのように進むやり方。これは両肩を抱えられるより楽だった。次は頑強な若者がおんぶしてくれた。しかし体重が△△kgの自分は重たいだろうと、令子は気が気でない。道もぬかるんでて、若者も歩きにくいだろうと申し訳なく思う。この三つの手を交互に繰り返して下山した。

やがて下で手配してくれている担架が出発したと無線連絡が入った。担架と聞いて喜んだが、スノボーのソリみたいなものらしい。

やがて弟が心配して下から登ってきて合流した。二次災害があるからと止められていたそうだ。そのうち担架と出会い、乗せられた。担架は滑らせるもののようだ。乗っている人間は絶えず振動と共にある。良い道の時は滑らせて、悪い道の時は担架を六人くらいで担いで頂いた。今までのやり方に較べれば、担架は夢のようだった。

九人の頑強な若者たちでも大変な苦労だったと思う。命を助けて頂いた。いざという時のために準備していただいてる救助隊の方々には、言葉ではいい尽くせないくらい感謝している。

麓の長蔵小屋に着いた。午前一時になっていた。近くには八軒の山小屋があるが、長蔵小屋の前には深夜だというのに、沢山の方々が出迎えて下さった。お礼を言って担架から降りて小屋の中に入る。午後五時ごろにはここに到着するはずだった。

服や靴はドロドロ。お風呂場に行って、たまたまおられた看護師さんの手助けで、服をぬぎ、シャワーを使う。湯舟には入らない方がいいそうだ。そこで乾いた服に着替えてほっと一息つく。不思議と足の痛みはなかった。遅い夕食を弟とともにいただいて、就寝する。夜は疲れのためぐっすり眠ることが出来た。

翌朝、九時に迎えのヘリコプターが来るという。福島県の病院に搬送されるのだ。尾瀬は陸の孤島で車は入れないからだ。

ヘリコプターに乗るのは生まれて初めてだ。不謹慎だが、ヘリコプターから尾瀬沼の全景が見られるかと期待した。しかし担架に寝たままだった。定員五人、乗員は四人だった。十五分のフライトで、福島県立南会津病院のヘリポートに到着。病院の方が待機していて担架に乗せられた。土曜日で病院は休みで、救急外来に搬送された。レントゲンを撮ると、右足首の骨が左右二本折れているそうだ。あまり痛みを感じなかったので捻挫くらいだと思った。ショックだった。手術もありうると言われた。そえ木をされ、包帯を巻いて貰って、弟が迎えに来るのを待つ。

弟は長蔵小屋から一人尾瀬ヶ原を歩いて、車を取りに行き、福島の病院に午後五時ごろ迎えに来てくれた。これで家に帰れると令子はほっとした。

松葉杖を借りて車に乗り、休憩を取りながら夜通し走り、早朝五時四十五分に自宅に着いた。

家には孫娘が心配で来ていた。夫の隆と孫の琴花に世話されながら、翌日の診察を待った。診察の結果は、右足の骨が二本折れているのでチタンを入れる手術をするとのことだった。

　この事故で、たくさんの方々にお世話になり、今生かされていると令子は思う。救助隊の方々や長蔵小屋の方々には、ただただ感謝している。弟がそれ相応のお礼をしてくれた。四歳下の弟にはただ感謝のみである。

　令子は、今までの人生で二度も生死の境をさ迷ったことになる。今、生かされている自分は強運の持ち主か、それとも災いが多いのかどちらだろう。

　この骨折で二度目の二ヵ月間の入院生活を送ることになった。しかし、一回目の頭の手術の時と違って、山で骨折したとは甚だ格好悪い。整形外科の入院患者は命に別状なく軽症で気楽なところだと思ったが、実際はそうではなかった。高齢女性が膝の手術をされるケースが多かった。それは痛みとの闘いだと聞いた。

　いずれ我が身と思いながら、手術後のリハビリに励む令子だった。


（この作品はフィクションであり、登場人物や団体は架空のものです）

尾瀬

第二部　旅行記

アルゼンチン紀行

一度友人の住むアルゼンチンに行きたいという思いはずっとあって、30年以上前にある新聞に投稿した文章がある。

「連日、新聞紙上をにぎわせているフォークランド島紛争、一日も早い話し合い解決を望んでいる。

遠く離れた地球の裏側での出来事だが、私には他人事とは思えない。2月に私の高校時代の親友がアルゼンチンに帰国した。彼女は14年ぶりに日本に里帰りし、同窓会や、クラブのOB会など楽しかった2カ月間の思い出を胸に、笑顔を私達に残して帰って行った。20歳の時、アルゼンチンで花作りをしている日本人の男性と結婚するために日本を離れて以来、夫君と二人で力を合わせて、今では仕事も軌道に乗り余裕も出来たという彼女。ブエノスアイレス市から60キロ離れた町エスコバールで、花を作ってヨーロッパに輸出している。

アルゼンチンは広々として雄大で、住んでいる人間は陽気で楽天的で情熱的、土曜日にはアサード（バーベキュー）を囲んで近くに住む日系人が集まって楽しく過ごす、などといつも手紙で書いてきていた。14年ぶりの日本で、街も住宅もとても狭く感じたと話していた。アルゼンチンへ戻ってから、みんなでカラオケパーティーをやるのだと大きなステレオラジカセを買って帰った。

そんな平和で陽気な国に彼女が帰国したとたんに上がった戦火。彼女は毎日どんな思いで仕事をしているのだろうか。

3日付の新聞に、日系人がブエノスアイレスで愛国集会を開き〝花作りの町エスコバールからも、バスを連ねて集まった〟と書いてあったので、もしや彼女も、と思ったりした。

一日も早く平和が戻ってくるのを願っている。」

1　ハカランダの咲く街で

あれから30年の歳月が経って、退職した。有り余る自由な時間、さて何をしようか。アルゼンチンのことが頭から離れない。というのは高校時代の友人がアルゼンチンに住んでいて、かねてから1度遊びに来てと言われていたからだ。

彼女は20歳の時、アルゼンチンで花作りをしている日本人の男性と結婚するため離日して以来、夫君と力を合わせて花を作ってヨーロッパに輸出して来た。ブエノスアイレス市から60キロ離れたエスコバールと言う町に住んでいた。仕事も軌道に乗り、余裕も出来て、何度か来日して、我が家にも滞在した。

そんな彼女から突然飛び込んできた訃報。

夫君が心筋梗塞で亡くなったというのだ。

友人の心が落ち着くのを待って、訪亜した。

日本から一番遠い国、地球の裏側。ドーハで乗り継ぎ、サンパウロで大勢の乗客を降ろし、計27時間のフライトだった。

降り立った国は春真っ盛り。ハカランダの花がそこここに咲き乱れていた。

春になると満開になると言うことで、桜のようだ。鮮やかな紫色の花が、ハラハラと落ちるさまは、桜の落花と同じく哀愁が漂っていた。

沈んだ友人の心に寄り添うように、毎日公園に行っては二人でハカランダの花を眺めた。

私たちの心とは裏腹に、公園では陽気なブエノスアイレスの人たちがお菓子を持ち寄り、輪になってマテ茶を廻し飲みしていた。

太極拳をしたり、健康体操みたいなのをしたり。またビキニ姿で日光浴をしたりで、それぞれ余暇を楽しんでいた。

日本と比べて、健康的な気がした。ゲームセンターも、カラオケボックスもパチンコ店もない。カジノはあるが。

ハカランダの木の下でくつろぐ人々

友人夫婦は引退の時に農園を手放し、ブエノスアイレス市のマンションに転居した。私はマンションの1部屋を与えられ、2か月余り滞在した。

毎日二人で市場にお魚を買いに行った。魚屋にはイケメンのイタリア人の兄ちゃんがいて、話しかけてくるのだが、さっぱり言葉がわからない。「Hola Japonesa?」と聞かれると、「si」まではいいがその後が続かない。結局、「Adios gracias」で終わり。アンチョワー、サルモン（サケ）、サバ、イカなどを買った。イカは新鮮なので、イカの塩辛にした。

スーパーにも毎日行き、果物が安かった。オレンジは10個位入って140円〈10ペソ〉。毎朝、オレンジジュースを飲んだ。

物価は大体日本より安い。亜国の人の最低賃金は時間給で500円くらいだから、物価相応だろうか。国民性は、みんな陽気で楽天的で情熱的だ。

地下鉄やバスは国民全員がイコカカードのようなものを持っていて、時々チャージする。

地下鉄の初乗り運賃日本円で30円くらい。

タクシーも初乗り130円。だから二人でよくタクシーを利用した。

地下鉄の中では、ギターを持った人が乗り込んできて、ギター片手に歌いだす。終わればみんな拍手して、お金を帽子に入れる人もいる。陽気な人たちだ。また物売りも来る。

アルゼンチンといえば昔の移民のことが頭にあり、行く前は日本人が多いだろうと思ったが、日本人はブエノスアイレスの町では逢ったことがない。日系人はエスコバールなどにかたまって住んでいる。市内はスペイン、イタリア系の南欧の人が多い白人の街だ。隣国ボリビアから出稼ぎに来ている人は生活も苦しいらしい。家のお手伝いさんをしたり、街の露店で物売りをしている。露店の多いのには驚いた、平日も歩道には露店が並んでいるが、土、日にはもっと店が増える。

アルゼンチンを語るには asado 抜きには語れない。各家庭にはアサード用の窯がある。日本のバーベキューのようなもので、羊や牛や山羊肉の塊、チョリソー（ソーセージ）、小腸、腎臓などの各部位を7、8時間掛けてじっくり焼く。焼くのは男性という決まりがある。友人の親戚の家でアサードを呼ばれたとき

花祭りでのアサード

は、庭にプールがあり、アサード部屋があった。

とにかく亜国の人は肉をよく食べる。それもそのはず、地方を旅行してみて、広大なパンパ（アルゼンチン中部のラプラタ川流域に広がる草原地帯）に牛や羊や山羊を放牧しているのを目の当たりにした。

レストランでもアサードを出してくれる。骨付き肉を食べるのに苦労した。亜国の人は〈友人も〉ナイフとフォークを使って器用に食べるが、私は上手く使えないので時には手も使って食べた。肉は確かに美味しかった。

ブエノスアイレス市内を巡る遊覧バスに乗った。バスは定期的に出ていて、停留所ならどこから乗っても、どこで降りても自由。とにかく何かにつけてファジーな国だ。廻ったのは国会議事堂や女性大統領クリスティーナさんのいる大統領府、「エビータ」の映画で有名なエバ・ペロンの肖像画がビルに描かれている7月9日大通り〈独立記念日にちなんで名づけられた〉など。

またサッカーのマラドーナを拝したボカジョニオールズのホームグランドなども訪れた。サッカーと言えば、アルゼンチンは盛んな国だ。いろんなチームがあるが、中でもリーベル・プレートというチームとボカジョニオールズは、日本の巨人阪神のように、人気を二分する。リーベルは巨人に例えられ、本拠地は高級なところにあるらしい。一方ボカは下町にあって、庶民的な感じらしい。

ミーハーな私は、ボカのトレーナーを夫と息子と婿に求め、孫たちにはメッシのTシャツを買った。

アルゼンチンタンゴ発祥の地　カミニートにも行った。私たちはそこでバスを降りてランチタイムにした。カミニートに降りると客引きの人が大勢来た。ランチを取りながら、タンゴショーを見せるためだ。ランチは住民にイタリア系の人が多い関係で、イタリアンが主流。ワインを飲みながら、ピザやパスタを食べた。タンゴはのちに本場のタンゴショーに連れて行って貰うのだが、情熱的なものだった。

この間NHKのテレビで放映していたが、カミニー

カミニートの街

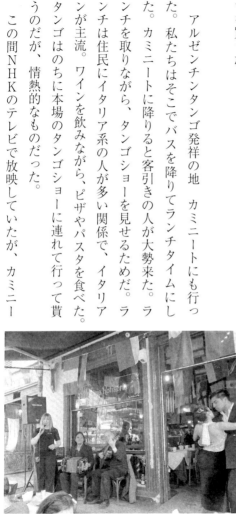

トに住む若い踊り子たちは、生活も楽ではないらしい。大きな舞台で踊るという夢に向かって、練習を重ね日々努力しているという。カミニートの街は、若い絵描きが建物にペンキでいろんな色を塗り、とてもカラフルな街だ。

建物の下で、踊り子と恋人が別れを惜しむシーンが想像される。らせん階段を上がって部屋に入る踊り子をいつまでも見守っている若者がいる。カミニートはそんな哀愁の漂う街だった。

2. 南十字星の輝き

1カ月間ブエノスアイレス市内を巡り、それが一巡したので、旅行に出ることになった。アルゼンチンから外国へ旅行するときは35％の税金がかかる。私たちはマチュピチュ行きを計画していたが、高くて断念した。チリはすぐ隣の国なのに割高になるのだ。残り一カ月で外国も含めて4回旅行した。日本に居ても短期間にこんなに旅行することはなかった。

まず友人の弟夫婦が4泊5日でサン・ルイスにあるパンパの避暑地に連れて行ってくれ

た。メンバーは私たちを含めて日系人7人。ブエノスアイレスから791キロ離れた街だ。パンアメリカンハイウェイをつっ走った。パンナムハイウェイはブエノスアイレスからアラスカのフェアバンクスまで続いている大陸横断道路だ。多いところでは6車線あった。

街中を抜けると、両側は大草原以外何もない。時々牛や馬の放牧が行われているだけ。遠くに山また山。建物もないし、人っ子一人いない。アルゼンチンの人口は4000万人、国土は日本の7・5倍。世界第八位の広さだ。日本でのひしめき合った暮らしを思った。サン・ルイスのペンションで3泊、ホテルで1泊した。ペンションは自炊。近くのスーパーマーケットで食材を買って来て、アサードをした。アサードの準備をしていて、火をおこすのに苦労していると、同宿のスペイン人が手伝いに来てくれた。親切な人たちだ。日の入りは午後8時、レストランでの夕食も8時から始まる。

肉や野菜を焼いて夜10時頃まで外でゆっくり食事した。時間が止まったような感覚だ。プールがあり、食事の準備中に泳いだ。

次の日は近くのレストランでチーボ（山羊肉を煮込んだもの）を食べた。

パンパを横断しての帰り道、山の中でオリーブオイル1ℓ50ペソ〈約700円〉で売っていた。買いたいが持って帰れない。アルゼンチンの三大都市コルドバとロサリオにも寄った。

アルゼンチンに来て1週間位して、不思議な体験をした（ドッペルベンガー体験みたいなもの）。日本にいた自分が見えるのだ。家事をしたり買い物に行っている自分、居間で夫と話したり、自室でパソコンに向かっている自分が見えるのだ。つまらないとか良いとかじゃなく、ああ、こんな風に生活していたんだという感慨はあった。

4日空けて今度は隣国ウルグァイに3泊4日で行った。今回は友人の従弟（日系2世）と3人での温泉旅行だった。従弟は胡蝶蘭の栽培をしているという。途中アルゼンチンとウルグァイの国境をこえた時は、パスポートを見せて、従弟にいろんな質問があったらしい。ウルグァイ川が国境だ。

道路の両側は一面ユーカリの林。暖炉の燃料と防風林の役目があるそうだ。椰子の木が群生している国立公園に寄った。ガウチョ（カーボーイ）が牛を追い込んでいる光景に何回か出合った。3、4時間ほど走るとサルトに着いた。その町のテルマ・デ・ダイマンという会員制リゾート地に宿泊する。早速温泉プールに入る。生暖かい。日本の温泉のように熱くない。もちろん水着着用だ。夜8時ごろから町に夕食に出かけた。ウルグァイはアルゼンチンと比べて田舎という感じ。ここではやはり肉と野菜のソテーを食べた。ウルグァイビールが美味しかった。

ホテルに帰ると12時近い。水着に着がえて友人とシャワー代わりの温泉プールに行く。従弟は既に来ていて、シャンパングラス3個とシャンパンが並んでいた。空を見上げて、「あれが南十字星」と教わった。3人でグラスを合わせた。南十字星に見守られ、午前0時に温泉で飲んだシャンパンの味は一生忘れられないだろう。もう見ることのない南十字星の輝きも。

2人のガウチョ

1週間置いて、今度は3泊4日で南極に最も近いパタゴニア地方を訪れた。今回は初めての2人旅。最初、付いてなかった。向こうの天候が悪くて飛行機が飛ばないのだ。仕方がないので、ブエノスアイレスに戻り、空港で知り合った日本人女性の泊まっている日本食レストランでお寿司を食べた。こんな時は知らず知らずのうちに日本人を探すのかも。1人で来ていた知らない韓国の青年もついてきた。寿司はマグロがない。烏賊とサーモンが主だ。あと巻き寿司みたいなもの。他でも1度食べたが同じだった。やはり日本のお寿司が一番だ。そうこうしているうちに飛行機が飛びそうだと旅行社から連絡が入り、ラプラタ川近くの空港までタクシーで行った。夜の11時に出発して、パタゴニアのカラファテのホテルに着いたのは、午前1時。

仮眠を取って、翌朝20人のバスツアーに参加した。日本人は私たち2人だけ。ほとんどヨーロッパ人だ。まず世界遺産のロス・グラシアレス観光に行く。パルケナショナル・ロス・グラシアレスは、入園料は外国人だと国民の2倍だった。

モンテヒッツロー厶山（３５００ｍ）や、レオナ湖を見た。コンドルが遠くに飛んでいた。コンドルは大きいものでは長さ３ｍあるそうだ。

ツアー中は多くの外国人と一緒だった。フランス人、カナダ人、ボリビア人など。夫婦で来ている人や息子と二人、または女同士の友人となど様々だったが、女性はみんな高齢になっても、身だしなみをキチンとしていた。アクセサリーを付け、髪も小綺麗にしてオシャレだった。これは見習わなければと思った。

何といってもパタゴニア地方の見どころは世界遺産ペリトモレノ氷河だ。氷河の近くまで行く歩道橋がある。歩いているとドドドーンという爆音がする。なんだろうと思って見ると、氷河の一部が崩れ落ちている。吸い込まれそうな蒼い氷河が崩れ落ちる様は圧巻だった。このシーンに出会う人には幸運が訪れるそうだ。

カラファテで、是非食べるようにと言われたものがある。チビートだ。子羊の柔らかい肉を焼いたもの。ここでしか食べられないそうだ。予想通りとても柔らかくて美味だった（羊さんゴメン）。

先住民のインディオの手作りのものを置いている店があちこちにあった。

カラファテは「最果ての町」というイメージだった。アルゼンチンの南端で寒い。氷河の近くは夏でもダウンジャケットがいる。北のイグアスの滝地方は、より赤道に近く暑い。一国で同時に夏と冬を味わえる国、アルゼンチンの広大さに改めて感服した。

3．アルゼンチンタンゴに魅せられて

外国も含めて4回目の、最後の旅行地はイグアスの滝だった。ブエノスアイレスから飛行機で一っ飛び、2時間弱で着く。それ以外でものんびり旅行しようと思えば、バスで4

泊5日くらい、途中宿泊しながら行く旅もあるそうだ。友人は好奇心旺盛な私を無事、日本に帰す責任感を持っていたし、日程的にもそれは無理だったので、1泊2日の旅にした。

イグアスの滝はアルゼンチン側とブラジル側から見ることが出来る。ブラジル側から見るのは、ビザが必要なので、アルゼンチン側から見た。

1日目は隣接する国立公園を、ジープで巡るジャングルドライブだった。そこは熱帯雨林のジャングルのようで、北半球では見られない大木や、ツルのようなものがある木、リスのような小動物がいた。木がうっそうと茂って、昼なお暗いところだった。その後、宿泊先のシェラトンイグアスから歩いて滝を見た。滝のそばまで行く遊歩道がある。滝から離れていてもカッパを着ていかないとずぶぬれになる。

イグアスの滝

翌日は瀑布が落ちるそばまで、舟で行くツアーだった。日本の滝しか知らない身には、

余りの壮大さに言葉もなかった。一面、滝が大スケールで続いている。国境を越えて、アルゼンチンからブラジルまで続いている。全長4キロメートルに及ぶそうだ。カッパを着ていったが、中の服までずぶ濡れになった。水着の上にカッパを着ている外国人がいたが、正解だっただろう。

舟はわざと滝の真下あたりまで行こうとする。そのたびに歓声が上がる。中でも圧巻だったのは、「悪魔の喉笛」という名のついた、ブラジル側の滝だった。

滝と言えば、北米のナイアガラと比較されるが、イグアスの滝が世界第1位だ。ジンバブエのヴィクトリアの滝と共に世界3大瀑布と言われる。各国から観光客が訪れるアルゼンチン第一の観光地だ。80メートルの高さから落下する雄大な滝を目の当たりにして心が洗われた。自然の偉大さに圧倒され、人間の営みはちっぽけなものだと感じた。

アルゼンチンタンゴは、ブエノスアイレスのボカ地区、カミニートという貧しい裏町で発祥した。移民でやって来た人たちが、自分たちで楽器を演奏して踊っていたらしい。一方でコンチネンタルタンゴはヨーロッパで以前からあった。

本場のアルゼンチンタンゴショーに連れて行って貰ったのは、ブエノスアイレス市の外れ、セニョール・タンゴという店だった。タンゴショーの店に入ったのが午後8時、客席でゆっくり分厚いステーキとアルコールつきの夕食をとって、本格的にショーが始まったのは、9時になっていた。

食事の間、私たちの後ろの席のブラジル人のツアー客は賑やかで、よく飲みよく食べていた。ショーが始まると，ブラボーと掛け声をかけるは、口笛は吹くはでテンションが高かったが、やがて静かになった。真っ暗なホールの舞台で、スポットライトを浴びて踊り子たちが踊る。情熱的に、時には物悲しく、時には激しく。男性は女性をリードし、女性は皆美しく、男性はハンサムだった。ウットリとタンゴに酔いしれた。

また楽団も良かった。バンドネオンというアルゼンチンタンゴ特有の楽器（アコーディオンのようなもの）を演奏している人たちも、みな楽しそうだった。

カミニートで見たランチタイムのタンゴショーを

タンゴショー

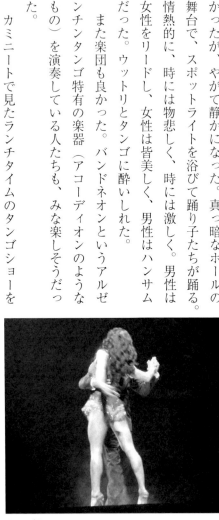

思っていた。彼女たちはここで踊ることを夢見ているのだと思うと、感慨も一入《ひとしお》だった。

タンゴショーがはねたのは、午前12時半くらい。タクシーで友人のマンションに帰ると、午前1時を大分過ぎていた。友人はこんなの普通、と言っていた。日本時間とはまた違うラテン時間だ。

終わりに

アルゼンチンに2ケ月余り滞在して思ったことは、治安は日本より悪く、スリなどが多いが、亜国の人たちは気にしてなくて、情熱的で、陽気で楽天的だということ。物質的な豊かさより精神的な豊かさを求めるようだ。何度かデフォルトがあったらしいが、農園をしている友人の弟は、財産が2／3に減ったと、笑って言っていた。日本より貧しい国だと思うが、街を行く人たちの表情は明るく、楽しく暮らしている感じがした。この明るさはどこからくるのか？

帰国する4日前に、友人と美術館に行く途中、道路の石畳につまずいて、顎を思い切り打った。少しの怪我だが、一応タクシーで救急病院に連れて行ってくれた。医師の診察があり、骨やすべてに異常なしで事なきを得たが、医師が友人に「この人は誰だ？」と聞いた。友人が、「日本から遊びに来て、私の家にいる。」と言うと、「si」と言って治療費が無料だった。書類もなしで、何とファジーな国だろうと思った。亜国では救急病院は診察料金はいらない。福祉が日本より進んでいるのではないか？

ブエノスアイレス市は、「南米のパリ」と例えられる美しい街だ。ヨーロッパと間違うほど、石畳の街並みや、建物や公園が美しい。世界最大の広さを誇るパレルモ公園には何回か行ったが、噴水があり、銅像があり、四季折々に花が咲き乱れている。近くには、動物園や博物館、日本庭園がある。日本庭園はなかなか良かった。南米の独立に貢献したサン・マルティンの銅像は街のアチコチにある。世界3大劇場の一つテアトロ・コロンは、イタリア人が設計し、パリのオペラ座、ミラノのスカラ座と並ぶ。一度、音楽会に連れて行ってもらったが、桟敷席は映画で見たヨーロッパの社交界のようだった。

北米への移民はアングロサクソン系の民族、南米へは南欧からきたラテン系民族が主だった。彼らは新天地にヨーロッパと同じ街を作ったようだ。主なビルは彫刻や装飾が施されている。そして、一つひとつのビルや家には地番がうってあり、番地だけでそこに行けるようになっている。

通りに面したカフェテリアで、アフタヌーンティーを楽しむ人たち。太陽を浴びて颯爽と街を行く人たちがそこにはいた。

今、シニア世代の海外ロングステイが流行しているが、私はこのような形で、異国に滞在出来たことを、遠くアルゼンチンにいる友人と、送り出してくれた夫に感謝したい。異文化に接したことで、これからの残りの人生が、少しでも豊かなものになることを期待したい。

上：筆者(左)と友人
下：テアトロ・コロン劇場

近場の山々

貴船神社から鞍馬寺へ

「暑さ寒さも彼岸まで」とはよく言ったもので、この日は残暑も少し和らぎ、ハイキング日和だった。今日は貴船から鞍馬へと抜けるコースだ。

鞍馬山は標高584メートル、海底火山の隆起によって生まれたといわれている。叡山電車貴船口駅で下車、貴船川に沿ってだらだら坂を上がっていく。今は閑散としているが、夏はさぞ観光客で賑わったであろう川床をしつらえた旅館街を通り、貴船神社に到着。ここは鴨川の水源地にあたり、古来より水の神様として信仰されている。縁結びの御利益もあるそうで、若い人達で賑わっていた。本殿にお参りして一休みする。風が心地良い。

そして、貴船から鞍馬寺の入口、西門をくぐり、山道へと入っていく。約15分ほど下ると奥の院魔王殿に着く。やがて、登りも険しくなり、杉林がうっそうと繁る道に出る。この道は「木の根道」といって、硬い地質のため杉の根が地中に入り難しく地表に這って出て、何か神秘的な感じがする。というのはこの辺りは、かつて牛若丸が鞍馬天狗との修行で走り回ったり、跳躍の練習をしたと伝えられるところだからだ。そこに牛若丸がいても不思議はないような光景だ。

義経堂のそばで昼食タイム。ここは奥州衣川の合戦で自害した義経の御霊が祀られている。悲劇の主人公、義経にしばし思いを馳せながら、何世紀も隔てて今ここにいる私達は、豊かな緑と澄んだ空気の中で平和に弁当を広げていられることの幸せを感じる。

エネルギーを貯え、再び歩き出す。義経が奥州平泉に下る時、背比べをしたと伝えられる石が「義経公背比石」として８００年を経て残っている。

時に義経16歳、意外に小柄だったなあと思う。

「牛若丸息継ぎの水」などを見て、この辺りから下り坂となる。

やがて鞍馬寺霊宝殿に到着。

時間に余裕があったので見学することに。3階に安置されている国宝毘沙門天像は、遮那王と呼ばれた牛若丸が父の面影を求めて慕ったといわれる。左手を額にかざしたポーズはなんとお優しいんだろうと感動。

ほどなく目的地の鞍馬寺本堂金堂に到着。朱塗りの本殿が色鮮やかだった。

今日の行程は、急な登り坂もあったがゆったりのんびり歴史を辿って、心身ともにリフレッシュした一日だった。

歌垣山から野間の大ケヤキへ

能勢電、妙見口よりバスで25分、歌垣山登山口で下車。民家の合間を縫って進んでいくと、むせかえるような栗の花の香りが出迎えてくれた。そして、ははこぐさやアカソなどの可愛い花に出会う。ほうの木の葉っぱを踏みながら、おしゃべりを楽しんで歩いているうちに、本格的な山道に変わる。広い道に出て、やがて歌垣山男山山頂広場に着いた。

万葉の時代、未婚の男女が山の頂きに集い、即興の歌を交わし、結婚の相手を決めることを歌垣と言った。それを行っていた山だそうである。

５４４ｍの頂上からは眺望も良く、遠くは六甲山、近くに妙見山などの山々が望まれた。東屋《あずまや》にテーブルや椅子がありここで昼食となった。おやつや果物を交換し、折から涼しい風も吹き、至福のひとときである。食後のコーヒータイムがまた格別である。山で飲むコーヒーはどうしてこう美味しいのだろう。

鋭気を養い出発。前回はそのまま下山したが、今回は野間の大ケヤキまで行くそうである。田園風景の中、周辺の山々を眺めながらのんびり歩くと、大原口バス停に到着。ここでかなりの道のりを歩いた気がした。しかし、皆さんとても元気そうである。

少し歩いて、野間の大ケヤキに到着。

国指定天然記念物だけあって、圧倒される大きさである。大阪一、全国でも四番目の巨木である。樹齢１０００年、周囲14ｍ、高さ30ｍとあった。ぐるっと一周して、資料館に入った。そこでは能勢町がいかにこの巨木を大事に育てておられるかがわかった。

やはりここまで来てよかった。

今日は梅雨の晴れ間で天候にも恵まれ、楽しく、有意義な一日だった。

紅葉の美しい信貴山へ

晩秋の一日、我々メンバー5人は信貴山へのハイキングを楽しんだ。紅葉が見られるのを期待しつつ、青天のもとJR駅を出発した。

近鉄信貴線服部川駅で降りて、住宅街を抜けると、自然林の山道に入る。しばらく歩くと、つづら折りの急坂があり、上がっていく。霊水が湧くとされる水呑地蔵までは、ところどころに石仏が見守ってくれていた。ラクウショウやダイオウショウなどの大木も私たちを出迎えてくれた。いつも山に登ると、木や花の名を教えてもらうのだが、すぐに忘れるのはどういうことか。

タカオモミジとメタセコイアの林を両脇に見ながら、足取りも軽く歩くことが出来た。山道は、落ち葉が積み重なってスポンジのような感触だったからだ。

道端には「掃きだめギク」という名とはうらはらな可憐な花もあった。

やがて水呑地蔵に到着。ここで小休止。この水は弘法水と言われる霊水だが、今は飲めないそうだ。手を洗い、うがいだけして出発。

ここから一登りすると、十三峠に着く。途中、雄大な大阪平野を木立の間から垣間見ることが出来た。間もなく信貴生駒スカイラインの車道を横切り、うっそうと木々が茂る視界のない山道を進む。

　少し眺望のあるところに出、12時も過ぎたので、ここで昼食タイムとなった。お腹が鳴るし、足も疲れて嬉しい。持参したおかずや果物、おやつなどを交換して、1時間近く休憩。山歩きをして一番楽しい時間だと思う。風が頬に心地よい。お腹も膨れて、鋭気を養って出発。

　しばらくすると信貴山の山頂に到着。標高４３７ｍ、信仰の山として有名だ。山頂には信貴山城跡の標識があった。空鉢譲法堂があり、参詣者もチラホラ。葛城、生駒連山が見渡せた。参道の階段を下って行くと、朝護孫子寺の境内に着く。

　聖徳太子ゆかりの張り子の虎が出迎えてくれた。期待どおり、山の中腹にあるこのお寺のカエデやイチョウの紅葉、黄葉は見事だった。しばしウットリと見とれる。

　今日の行程は歩きやすい山道で、森林浴を満喫出来た。そして鮮やかな紅葉のおまけまでついて楽しい一日だった。

インド紀行

２０１０年12月1日、デリーのインディラ・ガンジー国際空港に降り立った。ムッとする熱気、何とも言えない不思議な香り。

服装は飛行機の中で冬服から軽装に着替えていた。空港には大勢のインドの人々がプラカードを持って出迎えていた。友人と２人の名前が入ったツアーのプラカードを捜すのが大変だった。ツアーは私達と若い女性２人の４人だった。

小型バスに乗って今夜の宿泊先のホテルに向かう。その日はホテルのレストランで食事をした。

２日目、デリーよりバスでアグラまで行く。昼食後、タージ・マハルへ。憧れのタージ・マハルを目の当たりにして、やっと来たと感慨も一入《ひとしお》だ。タージ・マハルは当時の妃が亡くなったので、国王が22年の歳月をかけて造ったそうである。お城ではなく、妃のお墓だそうだ。その後、近くのアグラ城塞に行く。ここからタージ・マハルの全景が見渡せた。それにはこんな悲しい物語がある。タージ・マハルを造った国王が、後に息子によってアグラ城の一室に幽閉された。その部屋からは最愛の妃の眠る、自分が建てたタージ・マハルの全景が見える。国王はそれを眺めながら余生を送ったそうである。

食事は同じようなカレーが多かった。２日目の夜はアグラよりバラナシへの寝台列車の旅だった。私は二段ベッドの上段に寝たがよく寝られた。

３日目早朝、バラナシ（ベナレス）駅到着。バスでガンジス河へ行く。インドはどこもかしこも汚い。ゴミを出しても放ったらかし。列車の中でもカレーの食べ残しが放ってあった。列車の通路はゴミだらけ。ゴミをよけて歩く。インドに来て２日目で驚いたことはその混沌と無秩序だ。バスは警笛を鳴らし猛スピードで進んでいく。バイクや車、自転車、スクーター、リクシャ、三輪のオートリクシャをよけながら。時折野良牛や水牛も現れる。信号は少ない。道路の標識もない。

信号が青に変わると、全員が全速力で警笛を鳴らし、我先にと道を急ぐ。よく事故が起きないものだと思うが、滞在中に交通事故を見たことがなかった。

バラナシの駅に着くとアンモニアの臭いがプーンとした。見ると駅前に男性のみの公衆トイレがあった。屋根もなく壁と溝だけの公衆トイレである。壁に用を足すようだ。女性のトイレはどこにあるのだろうと捜すが、ようやく駅の中に見つけた。後で聞くと、インドの女性はあまり外出しないで家にいるから公衆トイレは少ないとのこと。何と男尊女卑の考え方だろう。そう言えば町では女性の姿をあまり見かけなかった。青空の喫茶店のようなところで、チャイを輪になって飲んでいるのは男性ばかりである。

ガンガー（ガンジス川）が見渡せるところに着いた。インド旅行の目的はガンガーの日の出を見ることだった。午前六時にガンガーに着いたが、丁度日が昇るところだった。ガンガーに映る朝日。神々しい。

ガートから見るガンガーの日の出。来てよかった。

ガートに着くと、皆がそれぞれのことをしていた。インドの人は他人のことを気にしない。何を着ていても、どこで寝ても何も言わないそうだ。80歳くらいのおばあさんが真っ赤なサリーを着ている。世界の人がインドに憧れる所以だろう。インドに行って、毎日同じ服を着て、町でチャイを飲んで、毎日カレーを食べて、何もしないでのらりくらりと余生を送るのはどうだろう。インドにはそういう人も多いらしい。少しお金があれば働かない。

ガートでは、ガンガーの水で洗濯したり、野菜を洗ったり、うがいをしたり、沐浴したりしていた。

　ガンガーに足だけ浸かる。生ぬるい。ここまで来てガンガーの水に触れないのはおかしいだろう。後にその話を従兄にすると、「あなたの身体に神が宿っただろう。」と言った。ガンガーの水が小さな壺に入って売っていたので、買って飾っている。腐らないそうだけど、本当だろうか。インドの人々は全身ガンガーに浸かって沐浴していた。人々にとってガンガーは女神である。死者をガンガーの川岸で火葬し、その灰をガンガーに流すことは、死者に対する最大の敬意とされる。ガンガーで沐浴するために巡礼してくる信者も多いということだ。しかし最近は水質汚染が進んでいるらしい。

　ボートに乗ってガートを見学した。84個のガートがあるそうだ。火葬場のガートまで行く。人を焼いた白い煙が立ち昇っていた。

　そこでは10人くらいの親族であろう人たちが遺体の周りを廻って踊っていた。それが葬式にあたるのだろう。インドでは生と死が隣り合わせにある。

　ガンガーの畔に「久美子の家」というホテルがあったのが印象に残っている。若い時にインドの人と結婚した日本人女性が経営しているそうだ。今はもうお年を召しておられるだろうが、時間があればお話がしたかった。

その後ホテルで朝食をとった。バラナシの町が見渡せる綺麗なホテルだった。シャワーを浴びてさっぱりした。そこでお土産を買った。サリー2、3枚、スカーフ5、6枚、紅茶とチャイなど。

その後サルナート観光へ。ビルマ僧院では仏教の釈迦の誕生の絵があった。インドではヒンドゥー教徒が80%、次に多いのがイスラム教徒13%、仏教徒はわずか1%弱だそうだ。もっと多いと思っていたので意外だった。

ダメークストゥバ遺跡に行く。仏陀が悟りを開いた後、初めて説法をした場所だ。

夕食は弁当だった。チキンとジャガイモをパンに挟んだサンドイッチ様のもの。お世辞にも美味しいとは言えなかった。

列車でデリーに行く。12時間でデリーに着くところが、17時間かかった。日常的なことなのか誰も文句を言わない。そのせいでデリーのホテルでは1時間くらいしか自由時間がなかった。列車の中でお腹をこわしかけたが、なんとかセーフだった。

4日目、デリー観光。

世界遺産を二つ見学した。一つ目のレッドフォートは赤い城と呼ばれる。二つ目のインド門は遠くから見たが美しかった。インドには世界遺産が36箇所ある。ちなみに日本は22

箇所だ。けれどインドのそれはスケールが大きい。

昼食はインド料理の店に入った。同じツアーの若者の一人がしんどそうだ。彼女は17時間も列車に乗った時、冷房の吹き出し口の近くにベッドがあり、体調を崩したそうだ。顔色が蒼白だ。食欲がないのか、彼女達はあまり食べなかった。私はお腹がすいていたし、久しぶりに口に合うものだったのでたくさん食べた。

5日目、いよいよインドを後にする。日本では体験出来ない強烈なものを貰った気がする。人々はインドのどこに魅せられるのだろうか。何ものにも縛られることなく、本音で生きているところか。インドの人々は元気だった。バイタリティに溢れている。13億の人口を抱えてどうしてやっているのか。混沌とした中でみんなストレスがあるようには思えない、不思議な国だった。

またインドという国は、5日間滞在しただけで元気だった若者が重症になりうる可能性があることを目の当たりにした。彼女は車椅子に乗せられて空港まで来た。風邪を引いた上に胃腸を壊し、重症のようだ。胃腸の丈夫な自分も、帰国してから10日間ほどお腹の調子が悪かった。生水や生野菜はいっさい口にしなかったのにだ。インドの人々はガンガーの水で洗った野菜を食べても平気なようだ。生まれつきの免疫力があるのか。

インディラ・ガンジー国際空港に着く。ルピーを使い切るべくいろいろ買い物するが、足らずに日本円を出し、お釣りがルピーで来てガッカリ。

離陸して一息つく。

タージ・マハル

あとがき

幼い頃から本が好きで、家にある父親の本をこっそりと読んでいました。そのうち文章を書くことに興味を持ち、小学生のときは作文の時間が待ちどうしく感じたものでした。

高校生になると、文芸部に3年間在籍し機関誌に詩や短編小説を投稿していました。稚拙なものでしたが、自分の作品が活字になるのが嬉しかったものです。放課後は暇なときは図書室に足を運び、文学作品を読破していました。

四十代の頃に京都の「朝日カルチャーセンター」の小説教室に月2回、仕事帰りに通っていました。本文中の作品はその時に書きためたものもあります。講師の先生の小説実作では、センセーショナルなものを書かないと世に出ないと言うようなことを叩き込まれました。

よって本文中の作品はフィクションであり、人物などは実在のものではありません。

講師の先生に、「この作品は〇〇文学賞に応募したらどうですか。」と言う言葉も頂き、挑戦しましたが、一次予選通過か、佳作止まりでした。

それならば自分で出版しようと思いましたが、日常生活に埋没し、気がつけば七十代に突入。急がねばならないと一念発起しました。

こうして長年の夢であった本の出版が出来て、ホッとしています。

本の出版にあたり、風詠社の大杉様にお世話になりました。ここにお礼申し上げます。

二〇一九年九月

川合　和子（かわい　かずこ）

1947年　大阪市に生まれる。
帝塚山学院短期大学卒業。
伊藤忠商事㈱で4年弱のOL生活を経て
1983年より25年余り教職に就く。

Eメール：akajp310@friend.ocn.ne.jp

令子の追憶

2019年11月4日　第1刷発行

著　者　川合和子
発行人　大杉　剛
発行所　株式会社 風詠社
〒553-0001　大阪市福島区海老江5-2-2
大拓ビル5-7階
TEL 06（6136）8657　http://fueisha.com/
発売元　株式会社 星雲社
〒112-0005　東京都文京区水道1-3-30
TEL 03（3868）3275
印刷・製本　小野高速印刷株式会社

ISBN978-4-434-26683-6 C0093

料金受取人払郵便

大阪北局
承　認

1357

差出有効期間
2020 年 7 月
16日まで
(切手不要)

郵便はがき

553-8790

018

大阪市福島区海老江5-2-2-710

㈱風詠社

愛読者カード係 行

ふりがな お名前			明治　大正 昭和　平成　　年生　　歳	
ふりがな ご住所	□□□-□□□□			性別 男・女
お電話 番　号		ご職業		
E-mail				
書　名				
お買上 書　店	都道 府県　　市区 郡	書店名	書店	
		ご購入日	年　　月　　日	

本書をお買い求めになった動機は?
1. 書店店頭で見て　　2. インターネット書店で見て
3. 知人にすすめられて　　4. ホームページを見て
5. 広告、記事（新聞、雑誌、ポスター等）を見て（新聞、雑誌名　　　　）

風詠社の本をお買い求めいただき誠にありがとうございます。
この愛読者カードは小社出版の企画等に役立たせていただきます。

本書についてのご意見、ご感想をお聞かせください。
①内容について

②カバー、タイトル、帯について

弊社、及び弊社刊行物に対するご意見、ご感想をお聞かせください。

最近読んでおもしろかった本やこれから読んでみたい本をお教えください。

ご購読雑誌（複数可）	ご購読新聞
	新聞

ご協力ありがとうございました。

※お客様の個人情報は、小社からの連絡のみに使用します。社外に提供することは一切ありません。